JN290619

王朝びとの恋うた

〈書と歌の交響楽〉

田中登・岩崎梨佳

笠間書院

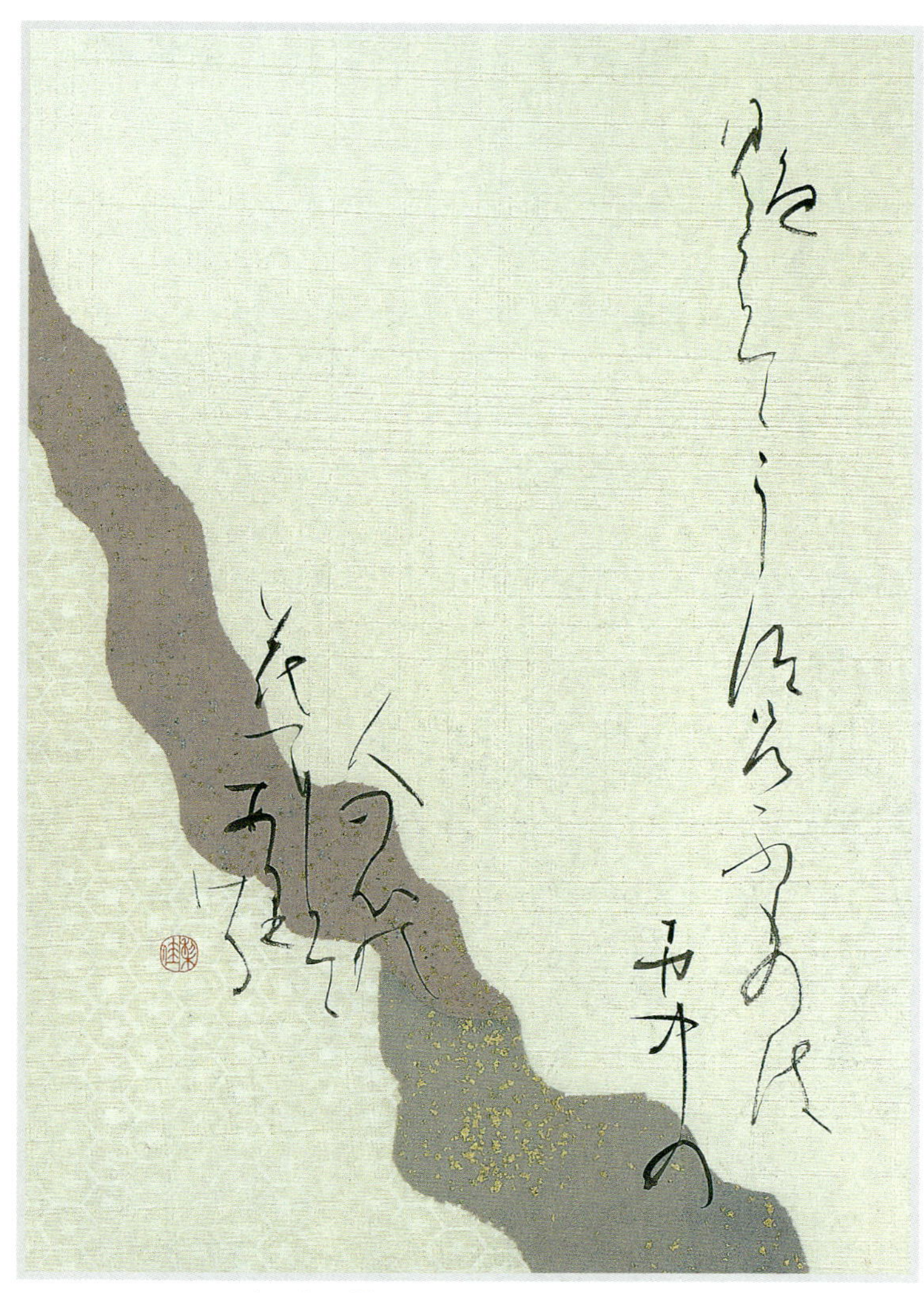

小野小町「色見えで…」の歌、39頁参照。

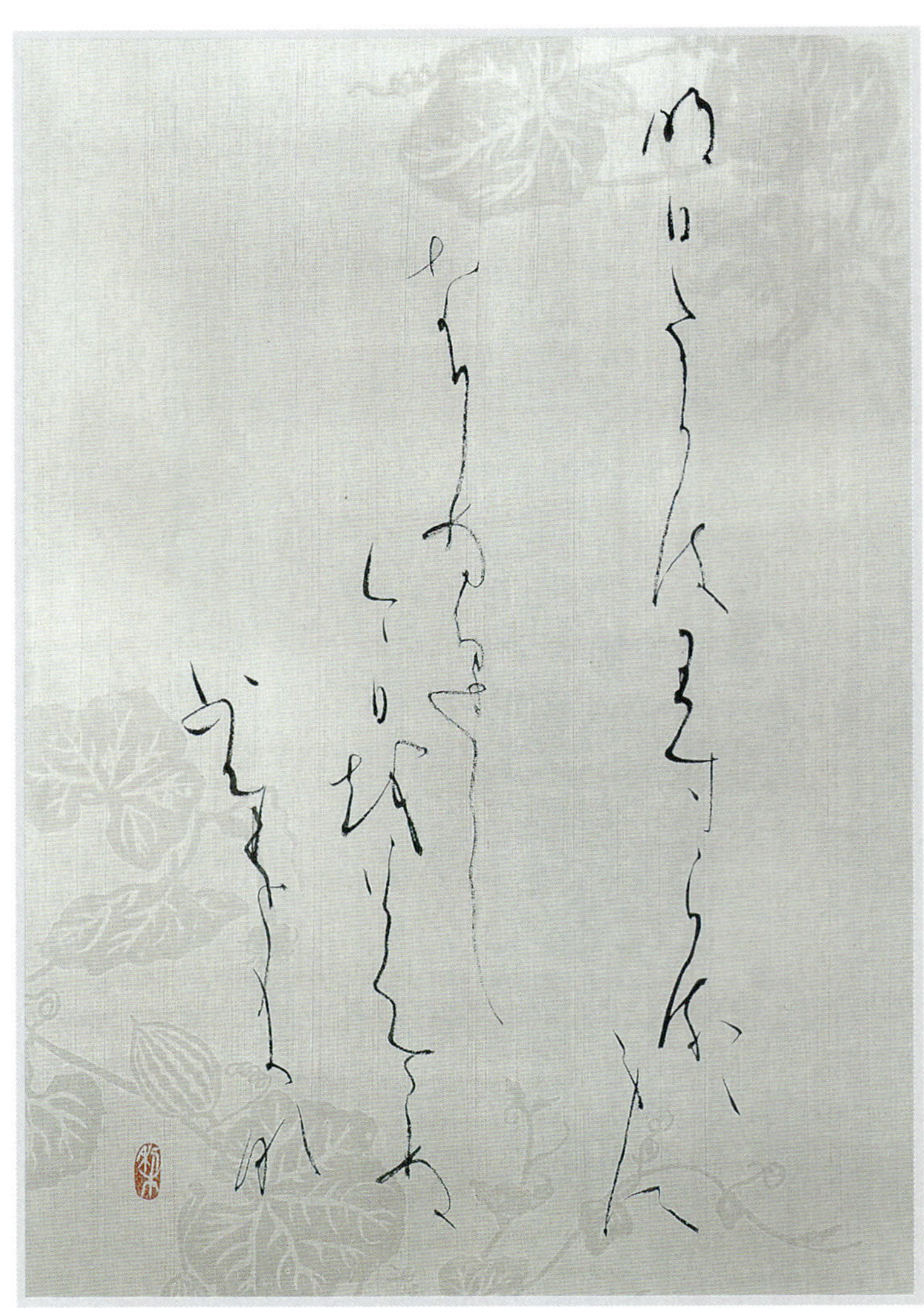

赤染衛門「明日ならば…」の歌、63頁参照。

源俊頼「あさましや…」の歌、75頁参照。

殷富門院大輔「見せばやな…」の歌、85頁参照。

はじめに

昨年、平成二十年（二〇〇八）は、『源氏物語』の千年紀とか。各地で『源氏』にまつわる様々な行事が催され、また書店には記念出版物が所せましと並ぶ、そんな風景が見られた。

ところで、『源氏物語』を味読するには、和歌の素養が不可欠だといったら、現代の読者は、意外に思われるであろうか。しかしながら、このわが国を代表する物語文学には、実に八百首近い和歌が見られ、ある時は光源氏の、そしてまたある時には相手の女性の気持ちになって、色々に和歌が読まれているのだから、紫式部の歌人としての力量は、どうしてなかなかあなどれないものがある。だが、それだけではない。『源氏』は、また地の文においても、至る所で和歌的な情緒に満ち満ちており、それが伝統的王朝和歌の表現を踏まえたものであることに気づかなければ、『源氏』を読む楽しみは半減してしまうといっても、けっして過言ではない。

『伊勢物語』や『源氏物語』によって代表される王朝貴族の基本的理念について、しばしば「みやび」という言葉が使われるが、この「みやび」の精神というものは、実に和歌的な情緒によって形成されたものなのである。いいかえれば、王朝文学の世界に参入するには、何よりもまず王朝和歌に慣れ親しむことが、一番の近道といえるであろう。

本書は、こうした観点から、王朝時代の和歌を、それも恋の歌を五十首に限って選び、鑑賞を試みたものである。和歌の鑑賞といっても、通常の本とは違い文法や語句の説明はできるかぎり少なくし、自由気ままな文学的連想による鑑賞を心がけたつもりである。

また、本書の中で説くように、王朝和歌の発展は、芸術としての仮名書道の展開と密接不離な関係にある。本書は、その点をも考慮に入れ、古筆切を基調に、独自の書風を展開されている仮名作家の岩崎梨佳女史の作品をも掲げた。併せて鑑賞いただければ、幸いである。

平成二十一年　春

著者しるす

王朝びとの恋うた　目次

はじめに

王朝和歌を読むために

王朝の恋うた　五十首

王朝和歌を読むために

平仮名の発生と和歌文学の隆盛

和歌文学は、すでに平安以前に『万葉集』を生み出すなど盛んであったが、平安時代に入っても、『古今和歌集』の成立以後、常に文学史の中心に位置しつづけた。このように王朝和歌の隆盛をもたらした、その大きな契機となったのは、いうまでもなく平仮名の発生である。

そもそも、われわれの祖先が最初に知った文字は、中国からもたらされた漢字であった。いまだ平仮名も片仮名も知らなかった万葉人は、自ら詠(よ)んだ歌を後世に書き残すために、漢字のもつ意味を捨て去り、その発音面（音や訓など）を利用して記録した。これを世に万葉仮名という。

たとえば、「余能奈可波　牟奈之伎母乃等　志流等伎子　伊与余麻須万須　加奈之可利家理」という大伴旅人の歌があるが、いったいこれをどう読むのか。「世の中は　むなしきものと　知る時し　いよよますます　悲しかりけり」と読むことになるが、冒頭の「余」には「余る」という意味はないし、「能」に「あたう」という意味もない。以下、「奈」にしても、「可」にしても、「波」にしても同じこと。ここには単なる発音記号という以上の意味は何もないのである。

このように万葉人は、漢字ばかりを使い、苦労に苦労を重ねて自らの歌を記録していたわけだが、こうした弊を一挙に吹き飛ばしてくれたのが、平仮名・片仮名の発明である。平安時代に入ると、和歌を記録するのに、画数も多く不便なことこの上もない万葉仮名に代わって、仮名文字が登場するようになった。すなわち、漢字全体を崩して簡略化したのが平仮名であり、漢字の一部を取り出したのが片仮名である。平仮名を例に取れば、「安」

から「あ」が、「以」から「い」が、「宇」から「う」が、生みだされたのである。

こうした平仮名や片仮名の発生により、わが日本語の表記は、万葉時代に比べて格段と容易なものとなり、結果、これが平安時代における和歌や物語文学の発展へとつながっていったのである。とりわけ和歌は、繊細な仮名文字で表現されることによって、ますますその優雅さを発揮し、また、仮名文字は仮名文字で、和歌を素材に揮毫してこそ、そのあえかな美しさを獲得することに成功したのである。

以後、和歌と仮名書道とは、互いに手に手を取り合って歩みつづけ、ついには王朝貴族の文化を代表する領域にまで至ったわけであるが、その輝かしい成果は、伝紀貫之筆高野切や伝藤原行成筆関戸本古今集切、さらには伝小野道風筆本阿彌切など、平安時代の仮名古筆として、今日にまで伝えられているのである。

本書は、王朝和歌、とりわけその恋歌を鑑賞するのを主眼とするが、このみやびの世界を視覚的にも感得してもらうために、国文学者としてはもちろんのこと、仮名の書家としても第一線で活躍している岩崎梨佳女史にお願いして、ここで取り上げたすべての歌について腕を揮ってもらった。繊細優美な仮名文字とともに、王朝貴族の恋歌を思う存分味わっていただきたい、と願っている。

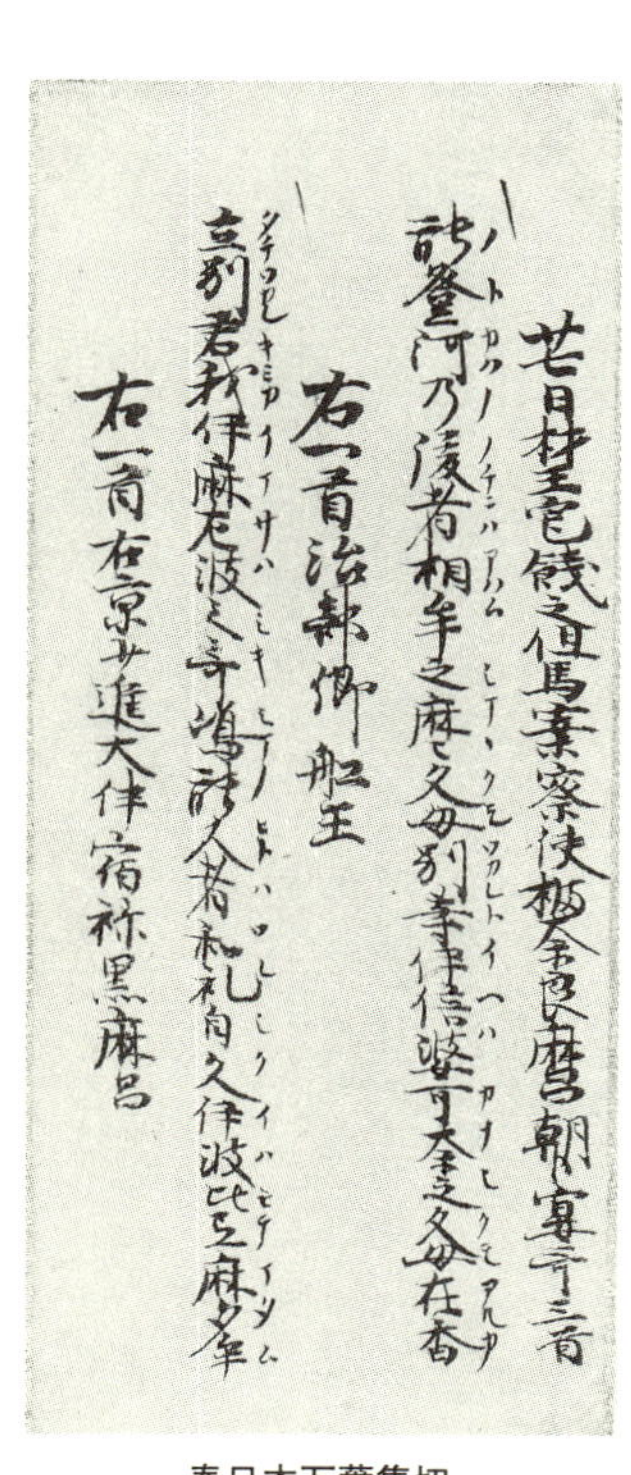

春日本万葉集切

王朝和歌の流れ

王朝和歌とは、おおよそ平安時代の貴族によって詠まれた歌ということができよう。これを勅撰和歌集の歴史でいえば、『古今集』から『新古今集』までの、いわゆる八代集時代の和歌ということになる。以下、おおまかにその流れを概観しておこう。

桓武天皇による平安遷都（七九四）以後、わが国の文化は唐風一辺倒に傾き、その結果、文学の世界でも、和歌は完全に漢詩に圧倒される始末であった。しかし、この時代、和歌が完全に廃れてしまったわけではない。ただ、華やかな表舞台には顔を出さなかっただけで、『万葉集』以来、和歌は脈々と生きつづけていたのである。そして九世紀も後半に入ると、在原業平・小野小町・僧正遍昭など、六歌仙と呼ばれる人々の活躍もあって、和歌は漢詩と肩を並べ、貴族社会の晴の場にも登場するようになってきた。

こうした流れの中で、宮廷社交界における和歌の地位を決定的にしたのは、延喜五年（九〇五）醍醐天皇による『古今和歌集』二十巻撰進の命であった。ことに当たった撰者は、紀友則・同貫之・凡河内躬恒・壬生忠岑の四人。彼らはこのわが国初の勅撰和歌集において見事な編集能力を発揮したばかりではなく、その後の王朝和歌の方向を決定するほどの優れた和歌を数多く残している。

『古今集』の撰進からおよそ半世紀を経た天暦年間（九四七〜九五六）、村上天皇の命で二番目の勅撰集が編まれることとなった。それが『後撰和歌集』二十巻。さらに一条天皇の寛弘年間（一〇〇四〜一一）には、歌壇の大御所藤原公任の編んだ『拾遺抄』十巻を改訂増補し『拾遺和歌集』二十巻が編纂された。これは花山院自らの手になるものという。

その後、しばらく勅撰集空白期間がつづくが、院政で知られる白河天皇の命により、久しぶりに勅撰集が編まれることとなった。応徳三年（一〇八六）成立の『後拾遺和歌集』二十巻がそれ。白河天皇は譲位後も和歌に対する関心が衰えることなく、大治年間（一一二六～三〇）には、源俊頼に命じて五番目の勅撰集『金葉和歌集』を編纂させたが、これは『拾遺抄』に倣(なら)って十巻から構成されていた。この『金葉集』に刺激されて成ったのが同じく十巻の『詞花和歌集』。仁平元年（一一五一）崇徳院の命で、藤原顕輔による編纂であった。この世紀にはさらに勅撰集がもうひとつ編まれることになる。『千載和歌集』二十巻。下命者は後白河院。撰者は藤原俊成で、源平争乱後の文治三年（一一八七）に成立した。

鎌倉政権樹立後、京都朝廷方の政治の頂点に立っていたのは、後鳥羽院である。王政復古を目ざしていた院は、醍醐天皇の治世に倣い、まず勅撰和歌集の編纂を思いたった。撰者は源通具・藤原有家・同定家・同家隆・同雅経の五人。『古今集』から数えてちょうど三百年後の元久二年（一二〇五）に成立したこの勅撰集は、『古今集』を意識して『新古今和歌集』と名づけられたが、その他、二十巻から成ること、仮名と真名(まな)（漢文）の序文を備えていることなど、すべて『古今集』を範と仰いだ結果である。ただ、『古今集』と違うのは、後鳥羽院自身が積極的に編集に参加している点で、こうしたところにも、この勅撰集に寄せる院の意気込みのほどがうかがえよう。

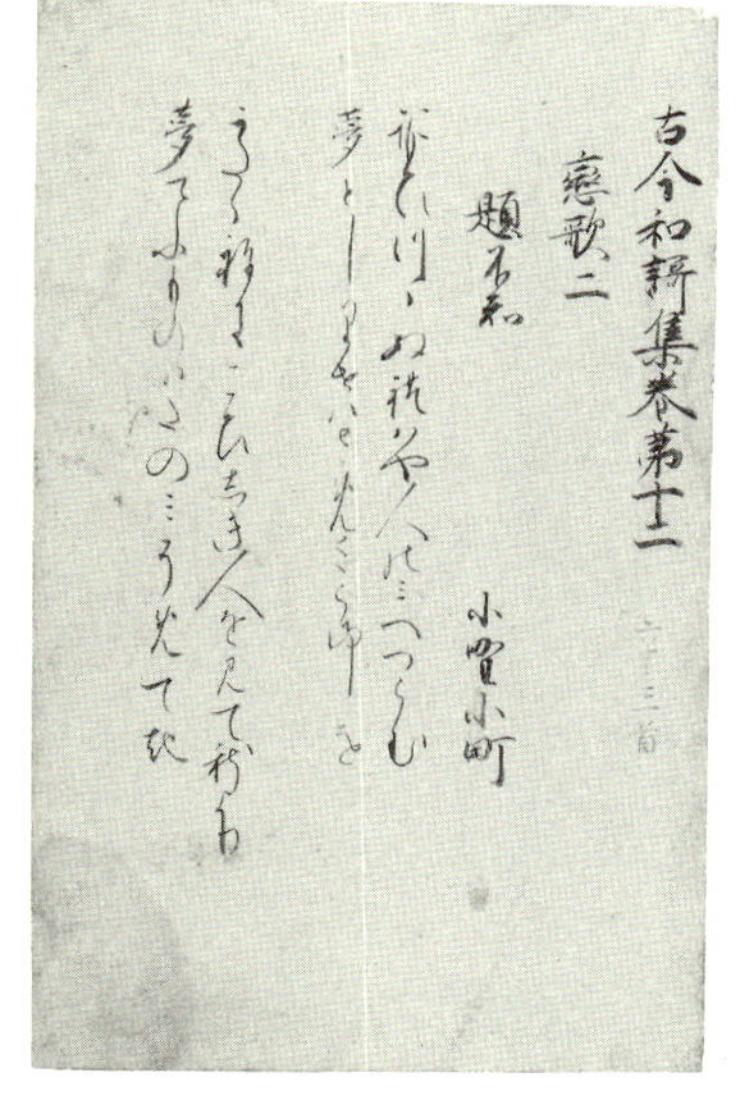

伝阿仏尼筆古今集切

王朝和歌の理念

王朝和歌の理念を簡潔にいい表すなら、やはり「みやび」の一語に尽きるであろう。この「みやび」とは、宮廷文化によって代表されるような、優美で上品なさまをいう。

物語文学に例を取るなら、『伊勢物語』や『源氏物語』の世界である。ここでは昔男も光源氏も、たとえどんなに悲しい場面に遭遇しても、けっして泣き叫んだりしないし、またどんなに激しい怒りに駆られることがあっても、感情の赴(おもむ)くままにわめき散らしたりすることもない。あくまでも優雅に悲しみの、また怒りの感情を表出するだけである。

この『伊勢』や『源氏』と最も対極に位置するのが、同じ平安時代につくられた『今昔物語集』であろう。ここでは庶民はもちろんのこと、昔男や光源氏が属する貴族社会の人々といえども、本能の赴くままに行動し、その人間的欲望を抑制するということはけっしてない。ここに展開されているのは、一言でいえば、「みやび」に対する卑俗の世界である。われわれは芥川龍之介が心魅(ひ)かれた「野性美」というものを、そこに発見することになろう。

散文の世界における「みやび」と「俗」との対照が、以上のごとくであるとするならば、韻文の世界ではどうであろうか。韻文で『伊勢』や『源氏』に相当するのは、いうまでもなく『古今集』や『新古今集』など、勅撰集によって代表される和歌ということになろう。ここでは、卑近な言葉はまことに注意深く排除され、いとも優美な歌言葉だけによって成り立っているといってよい。

話はそれるが、後の松尾芭蕉や与謝蕪村など、俳諧の世界では、好んで俗語が取り入れられている。というより、俳諧は俗語を積極的に取り入れることによって、和歌とは明確に一線を画し、俳諧独自の世界を切り開いていったといってよかろう。が、何も俳諧に限らず、歌の世界にも俗語をふんだんに取り入れている分野がある。平安貴族に好んで謡(うた)われた催馬楽(さいばら)や今様(いまよう)など、歌謡の分野がそれ。一例を挙げてみよう。「いかにせむ　せむや　愛(お)しの鴨(かも)鳥や　出でてゆかば　親は歩くとさいなべど　夜妻さだめつや　さきむだちや」。これは催馬楽の中の一曲だが、夜になると息子は恋人のことを想って気もそぞろ。それを見咎(みとが)めた親は当然のことながら説教に及ぶわけだが、五七五七七のいとも優雅な和歌の世界では、こんな情景はたえて詠(うた)われることはない。俗謡の俗謡たるゆえんは、和歌が体質に合わないとして、切り捨ててしまった題材や表現を、丹念に掬(すく)い挙げているところにあろう。

すでに述べたように、王朝和歌の基本的性格は「みやび」にあるといってよいのだが、しかし、「みやび」の世界だけを見ていて、「みやび」の精神が分かるものではない。時に俗の世界にも足を踏み入れ、俗の発想、俗の表現に親しんでこそ、「みやび」の世界にも参入できるというものだ。

本書は、「みやび」を基調とする王朝和歌の鑑賞を主眼とするものだが、如上の観点から、連想の赴(おもむ)くままに、平安のみならず中世・近世の、そして時には昭和の歌謡にも耳を傾け、「みやび」と「俗」と、このふたつの世界をたえず往還する形で筆が執られている。これが私流の「みやび」の世界へと接近する方法だからである。

歌仙絵の清少納言像

王朝時代における詠歌の場

王朝時代は、いったいどのような場で歌がつくられたのであろうか。文学活動となると、とかくわれわれは、作者がひとり孤独に机に向かい、うんうん唸りながら作歌したようなイメージを持ちかねないが、――実際、そうして歌づくりに励んだ歌人も過去にいたには違いないが、――しかし、さまざまな文献に徴してみると、必ずしもことはそう単純ではないことが知られよう。

『古今集』の紀貫之の歌に、「河風のすずしくもあるか打ちよする波とともにや秋は立つらむ」という歌がある。前書きによれば、この歌、立秋の日に殿上人たちが賀茂川の河原を散歩した折に、貫之もそのお伴をして詠んだという。歌はおそらく殿上人からのリクエストによるものであろう。さすれば、この歌は集団の場で詠まれたということになろう。

このようにして、王朝時代には、人々が集まって、みなの前で歌を詠み、ご披露に及ぶというようなケースが多かったわけであるが、いついつどこそこに集まって、かくかくしかじかという題で歌を詠もうと、かねてからの取り決めに従って詠歌をすれば、これが歌会というものである。

だが、ただ集まって歌を詠み合うというだけでは面白くない。参加者が左右二組に分かれ、そこで詠み合った歌の優劣を競おうということになれば、これすなわち歌合ということになる。『百人一首』でもお馴染みの平兼盛の「忍ぶれど色に出でにけりわが恋はものや思ふと人の問ふまで」は、天徳四年（九六〇）三月内裏で行われた歌合での詠である。

その他、平安時代、しばしば詠歌の契機を提供したものに屏風歌がある。寝殿造りと呼ばれた当時の貴族の広大な屋敷は、多く几帳や屏風によって空間が区切られていたが、その屏風には四季折々の大和絵が描かれていた。そして大和絵の一画には、その絵の内容にふさわしい歌が書きつけられるのを常としていたが、こうした大和絵の賛としてつくられた歌を屏風歌という。通常屏風歌は権門貴紳から歌人に注文があって詠まれるものゆえ、屏風歌の多寡は、そのまま当該歌人の名声の度合いにも直結していたのである。

また、今日研究者が定数歌と呼んでいるものがある。これは、短時間の内に五十首とか百首など、一定数の歌を、それも多くはあらかじめ決まった題で詠むもので、平安中期ごろから行われ始め、中世に近づくに従って盛んになっていった。

以上、歌会といい、歌合といい、はたまた屏風歌といい、定数歌というも、いずれもある題（もしくは画題）が歌人に与えられ、歌人はその題に従って歌を詠むわけで、これがいわゆる題詠といわれるものである。王朝和歌を、とりわけ『万葉集』のそれと比較した時、この題詠が多いというのが、その一特色をなしているといってよかろう。従って、そのような場で詠まれた恋の歌は、また当然のことながら虚構の恋歌ということになる。本書でしばしば指摘しておいたことだが、男性歌人が女性の立場に立って詠む、転身詠が可能だったりするのも、実にこうした題詠がもたらした結果だということができよう。

二十巻本類聚歌合切

王朝和歌の表現技巧

「あしびきの」といえば、「山」、「ちはやぶる」といえば、「神」といったように、一定の決まった表現にかかる言葉を枕詞といい、これは『万葉集』の時代に盛んに用いられたが、『古今集』の頃には衰え始め、たとえ使われたとしても、もはやそこには『万葉』のような生気は見られなくなり、以後次第に衰退していった。「住の江の岸に寄る波夜さへや夢の通ひ路ひとめよくらむ　藤原敏行」の歌にあって、初・二句は同音の関係で「夜」を引き出すための序詞と呼ばれるものであるが、この序詞も『万葉集』で多用され、引き続き『古今集』においても多くの例を見出すことができるが、王朝和歌も時代が下がるにつれて下火となっていった。

それとは逆に、平安時代に入って新たに開発された技巧がある。それが懸詞と縁語。「恋ひ恋ひてまれに今宵ぞあふ坂のゆふつけ鳥は鳴かずもあらなむ　よみ人しらず」の第三句「あふ坂は」には、人と人とが「逢ふ」意と、地名の「逢坂」が懸けられているが、和歌というきわめて小さな器においては、このようにひとつの語に二重の意味を持たせる凝縮された表現が自然と要求されるようになり、それと呼応するかのようにして、前述した枕詞や序詞は顧みられなくなっていったのである。

では縁語とは何か。「かれはてむ後をば知らで夏草の深くも人の思ほゆるかな　凡河内躬恒」の歌においては、初句の「かれ」(「離れ」の意)に「枯れ」の意が懸けられ、それが三句目の「草」の縁語となっているというわけだが、これも懸詞同様、時代の要請した凝縮表現といえよう。

さらに時代が下って『新古今集』の時代に流行したのが、本歌取りである。本歌取りは、著名な古歌の一部を自己の詠歌に取り入れたもので、それにより奥行のある重層的表現が可能となった。たとえば、「うちしめりあやめぞかをる時鳥（ほととぎす）鳴くや五月の雨の夕暮　藤原良経」の詠においては、『古今集』の「時鳥鳴くや五月のあやめぐさあやめも知らぬ恋もするかな　よみ人しらず」の表現を踏まえているわけだが、そうすることによって良経歌は、五月雨の夕暮れ時にあやめを眺めている人は、同時にまた理性ではどうにも押さえきれぬ恋をしている人だ、ということも分かる仕組みになっているのである。

体言止めもまた新古今集時代に盛んになった技巧である。これは右に挙げた良経の歌のように、歌の終わりが体言（名詞）になっているものをいう。もしこれが「〜けり」のように用言、それも終止形で終わっていれば、いかにもそこで一つの歌が完結した印象を読者に与えるが、体言で終わると、まだその後に何か続くのかという期待感を抱かせることになる。これがすなわち余情（よじょう）というもので、言外の情趣は、このようにして獲得されるのである。

王朝社会では、日常の会話でもそうだが、とりわけ和歌にあっては、無技巧であることは同時に無趣味であることを意味した。詩は言葉の「あや」によって成り立つ。言葉の「あや」こそが、王朝和歌の特質であったといってよかろう。

歌仙絵の紀貫之像

王朝の恋うた　五十首

一　恋せじと御手洗川にせしみそぎ神は受けずぞなりにけらしも（よみ人しらず）

歌謡界の一大イベントであるレコード大賞も、わずか一年前の受賞曲の名を思い出すことができなくなった。世の中全体があわただしくなったためなのか、はたまたこちらが年をとったせいなのか。おそらくその両方であろうが、以前はそんなことはけっしてなかった。

昭和三十四年の栄えある第一回大賞受賞曲は、水原弘の「黒い花びら」。時あたかもテレビの普及期で、それまでラジオでばかり聴いていた水原弘の顔を、年の瀬になって初めて見た時の軽いショックを今も鮮明に覚えている。詞は永六輔で、失恋の痛手に泣く男の心情が見事に描かれた佳作だが、後半の「俺は知っている　恋の悲しさ　恋の苦しさ　だからだから　もう恋なんかしたくない　したくないのさ」の部分は、古今東西変わるところのない嘆き節となっている。

掲出歌も同断。「苦しい時の神だのみ」とはよくいうけれど、この男も失恋の痛手から立ち直りたくて、もう二度と恋はすまい、と神かけて誓ったものの、またまた性懲りもなく人を好きになり、半ばはヤケッパチ、私の頼みを神様は聞き入れて下さらなかったのだ、と人のせい、いや神のせいにして済まそうというだらしなさ。だが、もともと人間とはそのように弱い存在。もう恋などしないといって、事実そのとおりになれば、文学史上数々の傑作恋愛小説も作られることなく終わったであろう。

この歌、『古今集』に「よみ人しらず」として載るが、『伊勢物語』第六十五段にも、結句を「なりにけるかな」とちょっぴり変えて出てくる。そこでは、例の昔男が帝の寵愛する女性に恋心を抱いてしまったという設定になっている。もし見つかれば、当然のことながら身の破滅。理性ではどうにもならない恋心を詠んだこの歌に、おそらく『伊勢物語』の作者は、昔男にふさわしい情熱を見いだしていたのであろう。

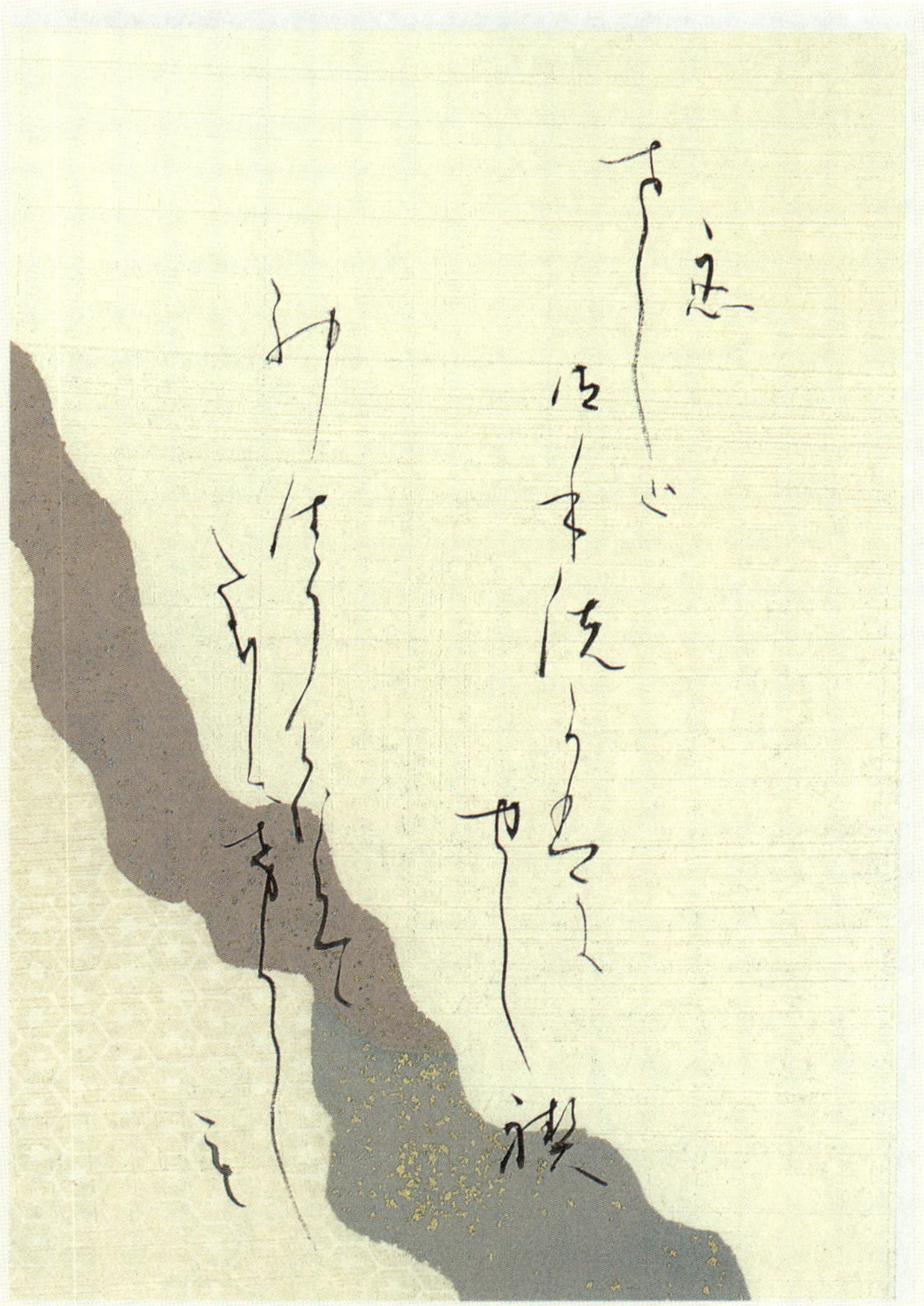

恋／せ（世）じと／御手洗が（可）は（盤）に（尓）／せし禊（みそぎ）／神はうけ（介）ず（須）ぞ／な（奈）りに（二）け（希）らし／も（毛）

(33.5×24.5)

二　わが恋を人知るらめやしきたへの枕のみこそ知らば知るらめ（よみ人しらず）

「忍ぶ恋」といえば、人目を忍んでこっそり逢う恋とつい思いがちだが、さにあらず。王朝和歌では、好きな人がいても、それを口に出したりせずに、心の奥底に秘めたまま、じっと耐え忍ぶ恋のことをいう。『百人一首』でもお馴染みの「玉の緒よ絶えなば絶えねながらへば忍ぶることの弱りもぞする」など、その代表例で、王朝の恋歌では、しばしば見かけるテーマだ。

　掲出歌の初・二句は、私の恋を、あの人はもちろんのこと、世間のだれも知りはしない、と嘆いてみせるが、それもそのはず、詠者はその苦しい胸の内を、まだだれにも告白してはいないのだ。それで、もし私の胸中を知っているものがいるとすれば、この枕をおいて他にない、と詠いおさめる。では、なぜ枕がこの苦しい恋を知っているのか。それは詠者が夜ごと流す涙で枕が濡れるからである。つまり枕こそがわが生き証人というわけだ。

　この間の事情を語ってみせてくれるのが、後世の『隆達節』。『隆達節』とは、安土桃山時代から江戸時代の初期にかけて一世を風靡した俗謡の名。堺の高三隆達が創唱したもので、現在五百余曲が伝わるという。その『隆達節』にいわく「枕こそ知れわが恋は　涙かからぬ夜半もなし」と。わが苦しい恋心を知るのは枕だけ、なぜなら、枕は夜な夜な流す涙でかわく間もないからだ、とせつなく謡う。

　おおよそみやびを旨とする王朝和歌の世界が、遥か数百年の時空を隔てて、近世の庶民たちの間に謡い継がれているのを見るのは、まことにうれしいことだ。平安以後、鎌倉・室町・江戸と時代は移り、公家から武士、武士から町人へと、文化の主要な担い手たちはさまざまに交替すれども、その基調をなすのは、王朝貴族のみやびの世界に他なるまい。江戸時代、貴族といわず、武家といわず、はたまた裕福な商人といわず、少しでも経済的に余裕のある者たちが、平安の名人の手になる古筆を、われ先にと争って集めたのも、これすなわち王朝文化に対する憧憬のなせるわざである。

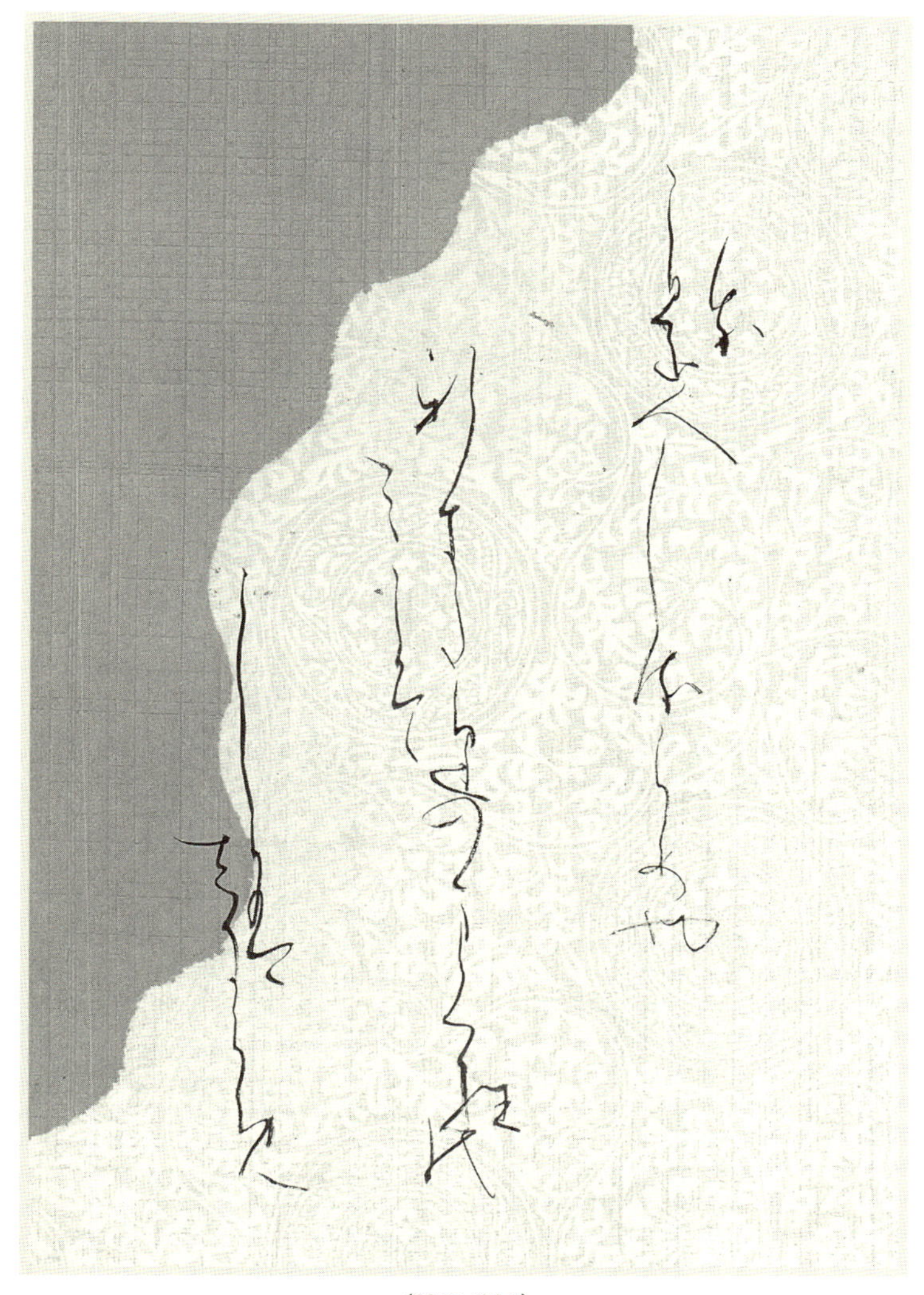

（33.5×24.5）

我（わが）／こひを／人しるらめや／しきたへのまくらの／みこそ／しらば／しるらめ

日流新支多邊万羅能三盤志免

三　明けたてば蟬のをりはへ鳴きくらし夜は蛍の燃えこそわたれ（よみ人しらず）

そもそも王朝の貴族たちは、和歌をいったいどのようなものと考えていたのであろうか。それを知るには、紀貫之が『古今和歌集』に寄せた仮名の序文につくにしくはない。劈頭一番貫之は「やまと歌は人の心を種として、よろづの言の葉とぞなれりける。世の中にある人、ことわざしげきものなれば、心に思ふことを、見るもの聞くものにつけて言ひいだせるなり」という。今、これを、掲出歌を例にとって説明すれば、以下のようになろう。

　一首はいうまでもなく、相手に理解されることのない、せつない恋心を詠ったものだが、それがどんなに苦しいかは、昼はずっと泣きくらすこと蟬のごとく、夜は夜とて心を燃やしつづけること、まるで蛍のようだ、というのである。この場合、朝から鳴きつづける蟬も、日が暮れて火を燃やす蛍も、さながら詠者の心の風景を映し出したものに他ならない。すなわち「見るもの」（蛍の火）、「聞くもの」（蟬の声）に託して、おのが心の内を表現しているわけで、すべての出発点は「人の心」の内にあるといってよい。思えば、これは文学論として実に見事なもので、この仮名序が、しばしばわが国初の本格的歌論書だといわれるゆえんは、こうしたところにあろう。

　ところで、江戸時代、全国津々浦々の農村地帯に伝わる民謡を集録したものに、『山家鳥虫歌』と呼ばれるものがある。この時代の世態人情を知るには恰好の資料だが、その中に「恋に焦がれて鳴く蟬よりも　鳴かぬ蛍が身を焦がす」という曲がある。いうまでもなく、掲出の『古今集』歌に依りながらも、こちらはワーワーと大声を立てて鳴き騒ぐ蟬よりも、静かに静かに身を焦がす蛍の方に軍配を挙げたもの。こんな粋な唄がひなびた農村に伝わったというのも、まことにゆかしいかぎりである。

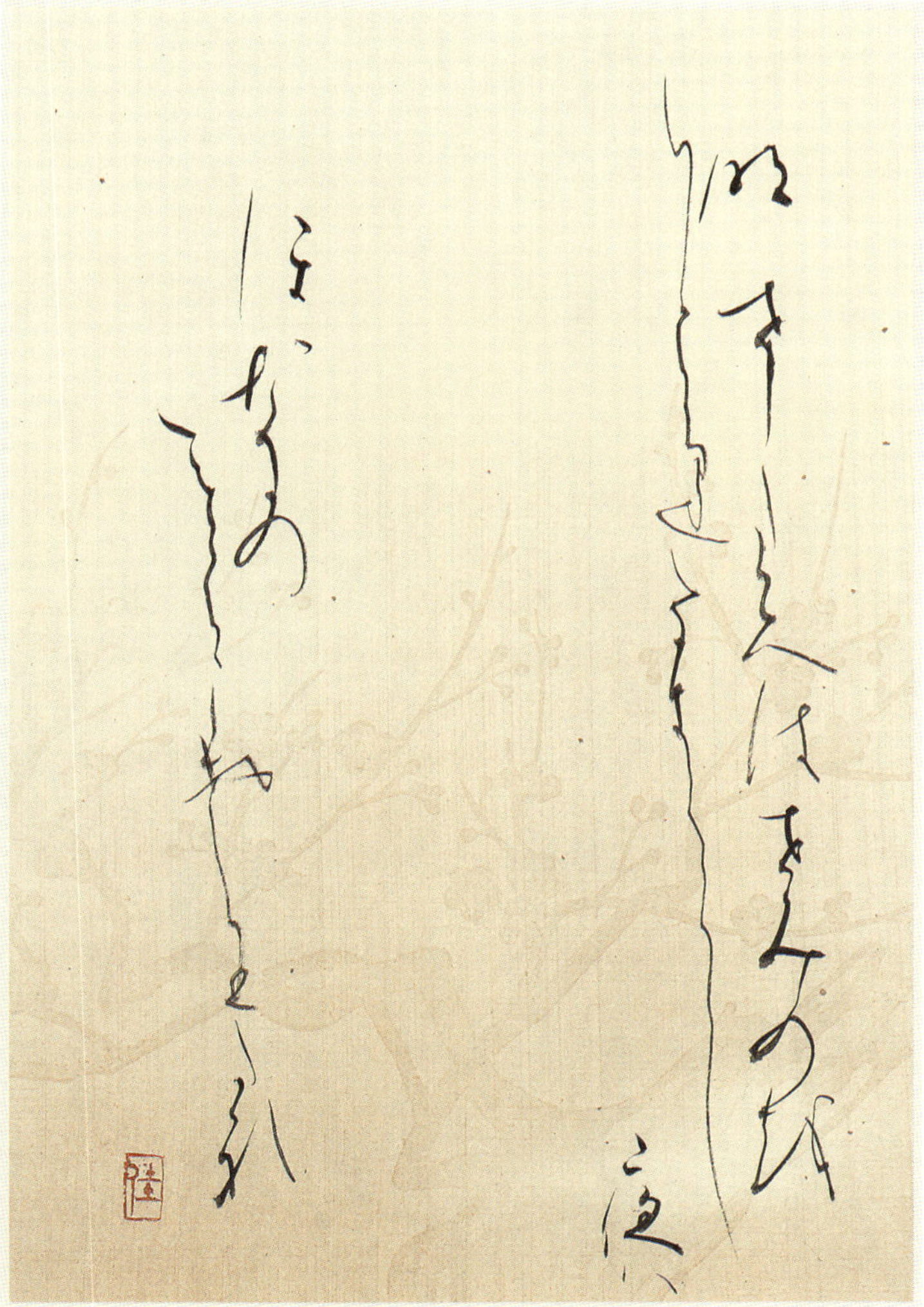

明けたてばせみのを／りはへなきくらし／夜は／ほたるの／もえこそわたれ

（あ）希多天世越　者邊奈支　八　毛　楚王多礼

(33.5×24.5)

四　夕されば蛍よりけに燃ゆれども光見ねばや人のつれなき（紀友則）

結婚しても毎晩夫が妻の家を訪れる妻問婚という風習が色濃く残っていた平安時代にあって、夕暮れ時とは、男女が相逢う時刻であった。それゆえ片思いに悩む者には、いやが上にも恋の炎が燃え立つ時間帯でもある。蛍は、おのが激しい恋心を知らせようとしてか、光を放ちつつ夏の夜空を飛びかうが、蛍ならぬわが身は光を発することもなく、この苦しい胸の内を相手は気づいてもくれない。声も立てずに身を焦がす蛍に、自らの苦しい片思いの情を重ねた歌を、先のよみ人しらず歌にも見たが、ここでは、蛍は光を放つだけまだまし、自分はどんなに激しく心を燃やそうと、相手にそれを知ってもらうすべもない、と絶望的な心情を詠いあげる。

　王朝和歌にあって、恋というのは四季（自然物）と共に二大テーマといってよいものだが、その恋歌には、なぜか、こうした苦しい片思いの歌が多い。おそらく往古の人々は、こうした恋する者たちのやるせない心の内にこそ、恋歌のもっとも恋歌らしい性格を見出していたのであろう。これを歌学用語では昔から「本意」と呼んでいるが、現代風にいえば、「事物の本性」とでもなろうか。平安時代の歌人たちは、恋歌を詠むにあたって、ただおのが経験を詠い込むだけではなく、そこに恋の本質を表現しようとしていたのである。

　室町時代に流行した小歌を集成したものに『閑吟集』という作品があるが、その『閑吟集』に、「わが恋は水に燃え立つ蛍蛍　物いはで笑止の蛍」という曲が収められている。わが恋は水辺で光を放つ蛍のようなもの、一語も発することなく、何とまあ、あわれなことよ、といったほどの意。こちらは掲出歌と違って、蛍に対する共感が見られるが、それはとりもなおさず詠者の自己憐憫でもあろう。かように古来から恋する者は、常に孤独だったのである。

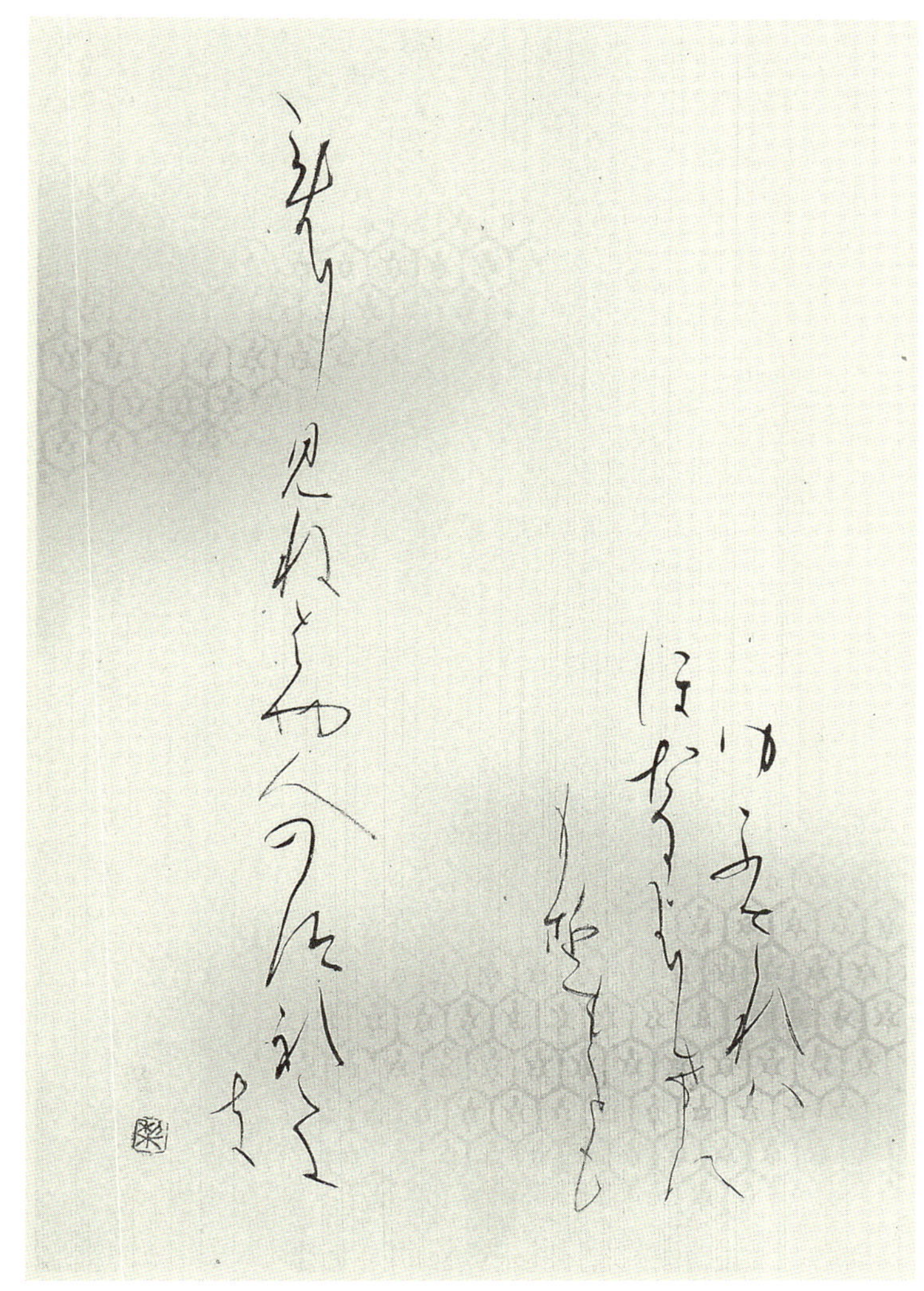

(33.5×24.5)

ゆふされば／ほたるよりけに／もゆれどもひかり見ねばや人のつれな／き

八希遊連飛可者徒礼奈支

五　かきくらし降る白雪の下消えに消えてもの思ふころにもあるかな（壬生忠岑）

一首は、上句で、あたり一面降りしきる雪が見えない所から消えてゆく、と眼前の景色を叙し、下句では一転して、消え入るような気持ちで恋のもの思いに苦しむことだ、とおのが心の内を述べて詠（うた）いおさめる。この一見したところ何の関係もないように見える上句と下句とは、いったいどのようにして一首を構成しているのだろうか。

　恋の歌として、下句にその中心点があるのは、いうまでもなかろう。だが、人の心の内というものは、なかなか他者に対して説明しがたいものである。そこで、消え入るような気持ちといっても、どんなふうに消え入るのかといえば、それは、あたかも降りしきる雪が、一方では見えない所で消えるように、と具体的な景色をもって説明する。すなわち上句は、単なる外界の風景ではなく、いわば詠者の心象風景となっているわけである。

　このように、前半部においてある風景を描写し、後半部ではそれが一転して心情の表現へと転換してゆく、こうした体の歌は、同じ『古今集』に見える「吉野河岩波高くゆく水のはやくぞ人を思ひそめてし　紀貫之」のように、王朝和歌にしばしば見られるものであるが、実のところ、それより早く『万葉集』の時代から開拓されていた恋歌の表現方法なのであった。

「み熊野の浦の浜木綿（はまゆう）百重（ももえ）なす心は思（おも）へどただに逢はぬかも　柿本人麻呂」。歌は、熊野の浦の幾重にも重なる浜木綿の葉のように、幾重にもあなたを恋したってみたところで、直接には逢えないことだよ、という片恋の苦しさを詠んだもの。ここでは、上句の熊野の海岸の浜木綿の描写は、そのまま下句の詠者の心の風景へと融合し、読者にくっきりとした恋歌のイメージを提供しているわけだが、王朝和歌も、こうした『万葉』以来の伝統を継承し、自然と人事とが調和した、文学的小宇宙をつくり上げることに成功したのである。

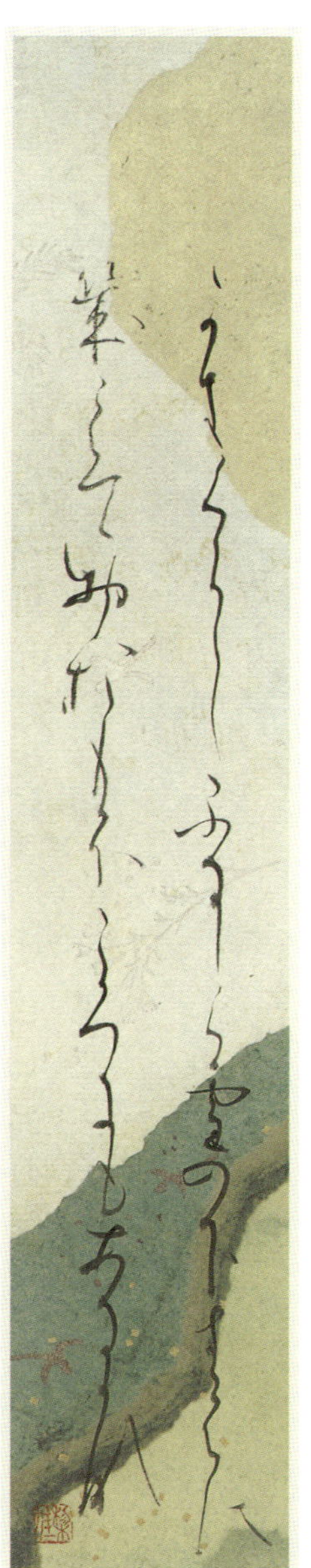

（短冊　33.5×6）

か(可)き(支)くらしふるしら雪の下ぎ(支)えに／き(幾)えて物お(於)もふ(不)ころに(尓)もあるか(可)な(那)

六　恋ひ恋ひてまれに今宵ぞ逢坂のゆふつけ鳥は鳴かずもあらなむ（よみ人しらず）

平安時代、恋する男は夕刻に女性の家へやってきて、そこで一夜を過ごした後、朝早く自分の家へと帰ってゆく、というのが一般的な男女の逢い方であった。恋人たちにとって、早朝の鶏（歌でいうゆふつけ鳥）の鳴声は、別れの時刻の合図でもあるゆえ、当然のことながら歓迎されるはずもないものだった。

一首は、ひたすら恋つづけて、やっと今宵愛する女性に逢えるというのに、朝になれば、鶏の鳴声と共につらい別れがやってくる。それを思えば、ああ、鶏なんか鳴かなければいいのに、という男心を詠ったもの。愛し合う男女が、逢えるというのに、喜んでしかるべき、その瞬間においてすら、早くも悲しい別れを頭に思い描いて嘆くというのも、いかにも王朝的な発想といえよう。

平安時代の文学といえば、『古今集』などの和歌といい、『伊勢』や『源氏』などの物語といい、上流貴族の「みやび」の世界を描いたもの、というのが相場となっているが、その「みやび」の世界とは、おおよそ対極的な、庶民の息吹を感じさせる作品もないわけではない。後白河上皇の手によって編まれた『梁塵秘抄』がそれ。同書は、当時都ではやった歌謡を集めたもので、老若男女、身分の高下をいとわず、だれもが口ずさんだ流行歌だ。

その『梁塵秘抄』の一曲に「恋ひ恋ひてたまさかに逢ひて寝たる夜の夢はいかが見る　さしさしきしと抱くとこそ見れ」という作がある。もちろん掲出歌の影響の下になったものだが、こちらは一夜を共にした後の別れなど、どこ吹く風、まったくもって念頭にない。一首の表現はまことに具体的で、何といっても「さしさしきしと」という擬態語が効いている。「みやび」を基調とする平安時代の文学にも、こんな作品があったのである。

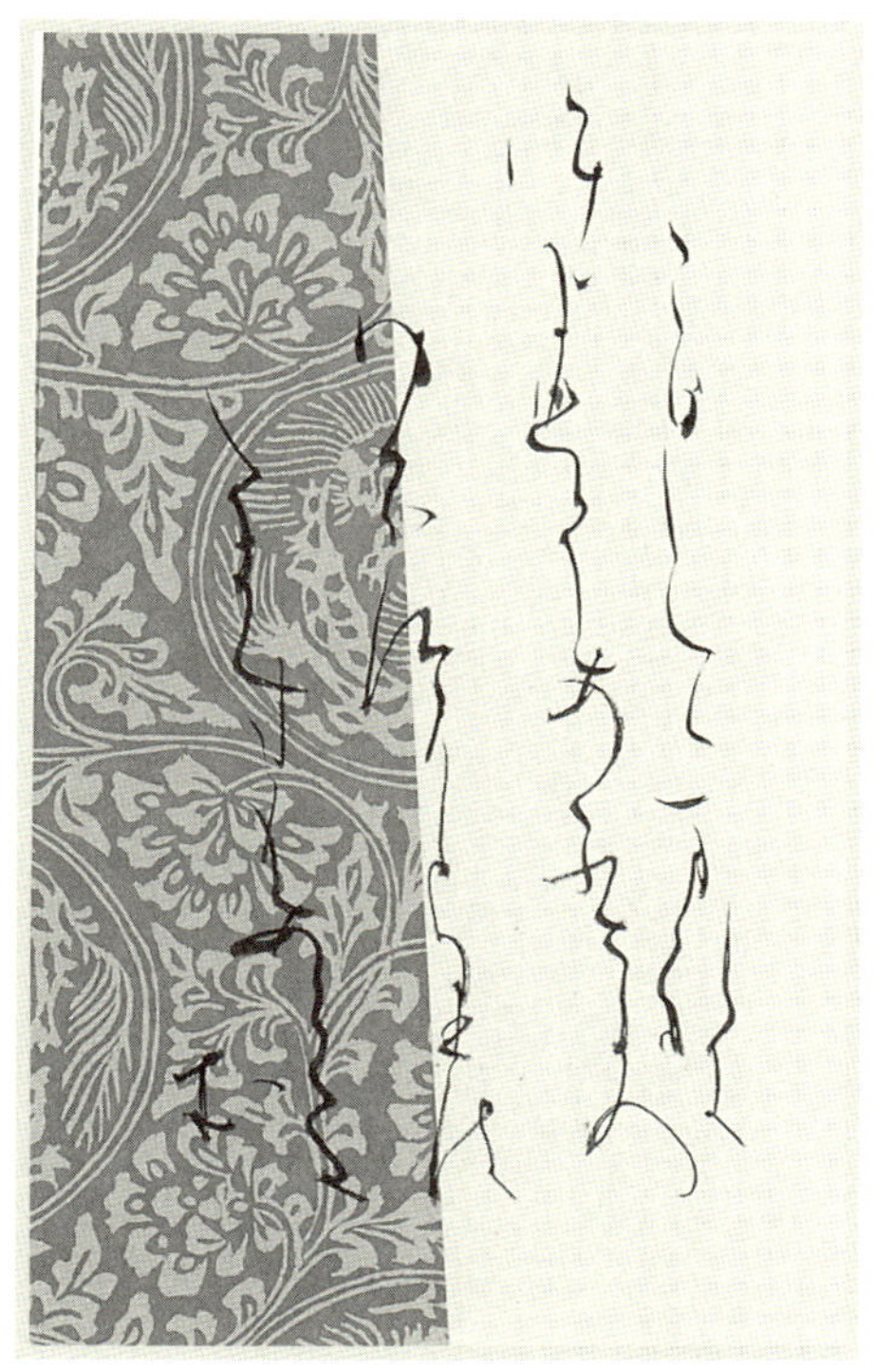

（11.2×19.0）

こひ(日)くてま(万)れ(礼)に(尓)
こ(許)よひ(悲)ぞ(曽)あふさか(可)の
ゆふ(不)つ(徒)け(介)どり(里)は
な(奈)か(可)ずもあらな(奈)む

七　かずかずに思ひ思はず問ひがたみ身を知る雨は降りぞまされる（在原業平）

藤圭子といえば、近年はもっぱら宇多田ヒカルの母親として知られているが、デビュー当時、まだあどけなさの残るその顔と、声質および唱法とのアンバランスさゆえに、鮮烈な印象を受けた歌手の一人でもある。彼女のヒット曲に「圭子の夢は夜ひらく」があるが、この歌、もとは園まりの持ち歌で、「雨が降るから逢えないの　来ないあなたは野暮な人」（歌詞は中村泰士・富田清吾の共作、作曲は曽根幸明）というお馴染みの文句で始まる。このように時代は変われども、相も変わらず待つのは女、天候次第で男の愛情のほども知られようというものだ。

そんな女心を詠った作を、遥か王朝の和歌に求めてみれば、さしずめ掲出歌あたりになろうか。この歌、詞書（前書きの文章）によれば、次のような事情で詠まれたという。藤原敏行という男が、業平の家にいる女のもとに日頃通っていたものの、ある時手紙を送ってきていわく「すぐにでもそちらに伺いたいのですが、あいにくと今雨が降っているので、出かけるのを見合わせているところです」と。それで女はどうしたか。おそらく何と返事をしたものか思い悩んでいたのだろう。それを見かねた業平が、この場は私にまかせなさいとばかりに、女に代わって詠んだのが、くだんの歌だという。

一首の意は、あれこれと私のことを思ってくれているのかどうか、それをお尋ねするわけにもいかないので、私への愛情のほどを思い知らせてくれる雨が、今こうして降っているのでしょう、といったもの。こんな歌をもらったら、男たる者、何をおいてもまず女のもとにかけつけないわけにはゆくまい。実際、この歌は『伊勢物語』の第百七段にも出てくるが、そこでは「蓑も笠もとりあへで、しとどに濡れてまどひ来にけり」と記されている。

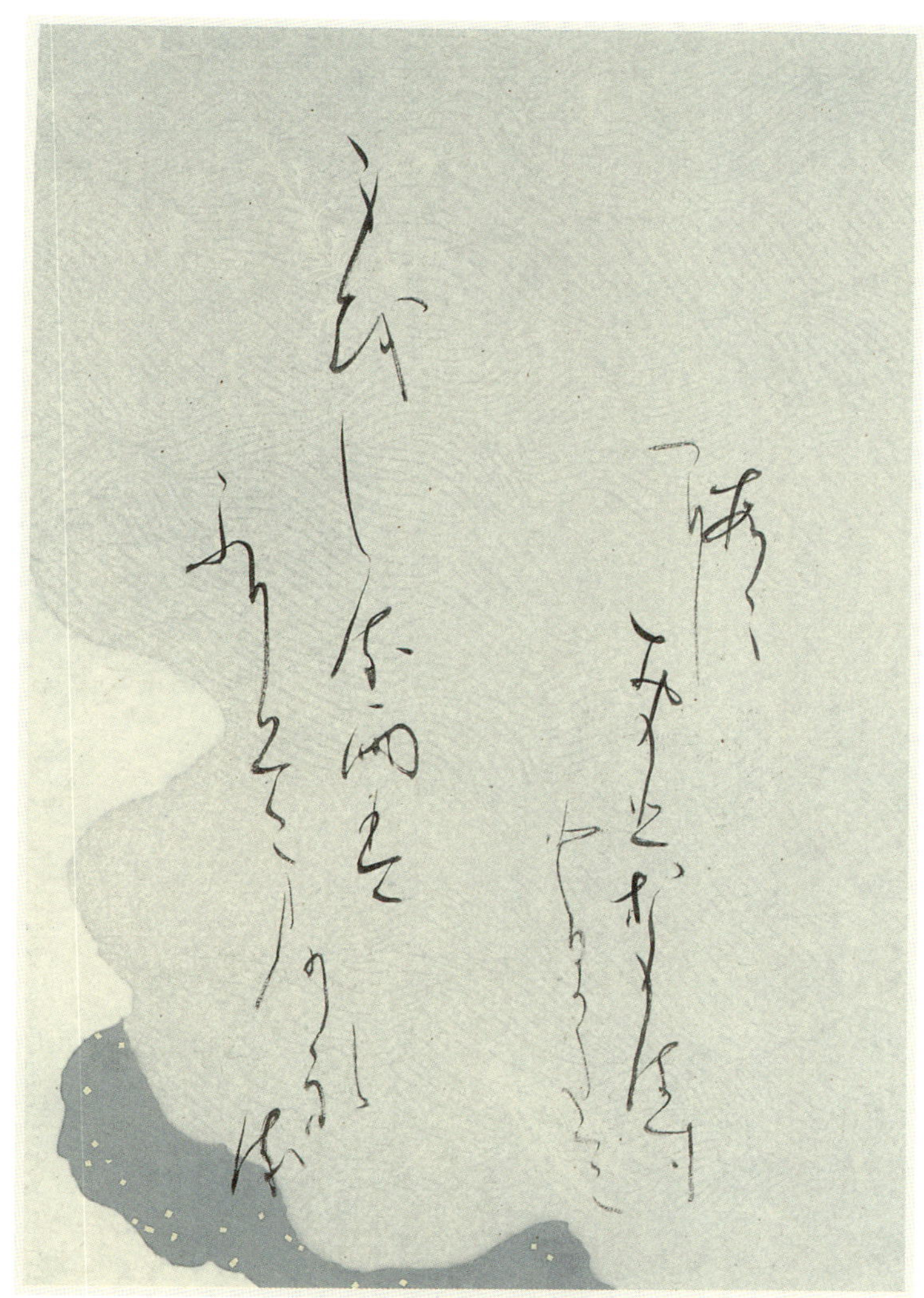

(33.5×24.5)

数々／に（耳）／おもひおも（悲於毛）はず／とひがたみ（登日可多三）／身を（越）しる（流）雨は（盤）／ふりぞまされる（万沙礼流）

八　陸奥のしのぶもぢずり誰ゆゑに乱れむと思ふわれならなくに（源融）

レイモン・ルフェーブル楽団の演奏する「サバの女王」は、掛値なしにムード・ミュージックの最高傑作と断じてはばからないものだが、原歌はミシェル・ローランの作詞・作曲になるシャンソン。これもさぞかし、と期待してレコードを買い求めて聴いてみたが、こちらはまったくの駄作で、詞も「戻ってきてくれ、僕の女王よ」と、別れた女に対する未練心を何の工夫もなく綴った、いたって拙いもの。二度と聴く気がしない。これなら、グラシェラ・スサーナが日本語で唄ったものを聴く方が、どれほどましだか分からない。

そのスサーナの日本語は、才人なかにし礼の訳詞になるもので、まず「あなたゆえ狂おしく乱れた私の心よ」なる出だしの文句にびっくりさせられた。なぜなら、この一節は、『古今集』に載る掲出歌をただちに想い起こさせてくれたからである。陸奥の信夫郡（現在の福島県福島市という）特産のしのぶもぢずりは乱れ模様で有名だが、その乱れ模様のごとく、いったい誰ゆえ私の心は乱れようとしているのか、すべてあなたのせいですよ、というのが一首の意。

『百人一首』（第四句を「乱れそめにし」とする）でもお馴染みのこの歌、発表当時からよほど喧伝されたものと見え、『伊勢物語』にも大きな影響を与えている。物語は、元服式を済ませたばかりの昔男が、奈良の都は春日の里に赴き、ゆくりもなく美しい姉妹を垣間見るところから始まるが、内心小馬鹿にしていたひなびた地で恋心を触発された男は、何と自分の狩衣の裾を切り取り、そこに歌を書いて女に贈ったという。その歌とは「春日野の若紫のすり衣しのぶの乱れかぎり知られず」というもの。実は男の狩衣がしのぶずりの模様だったのである。そこで『伊勢物語』の作者はいう。「昔人は、かくいちはやきみやびをなむしける」と。

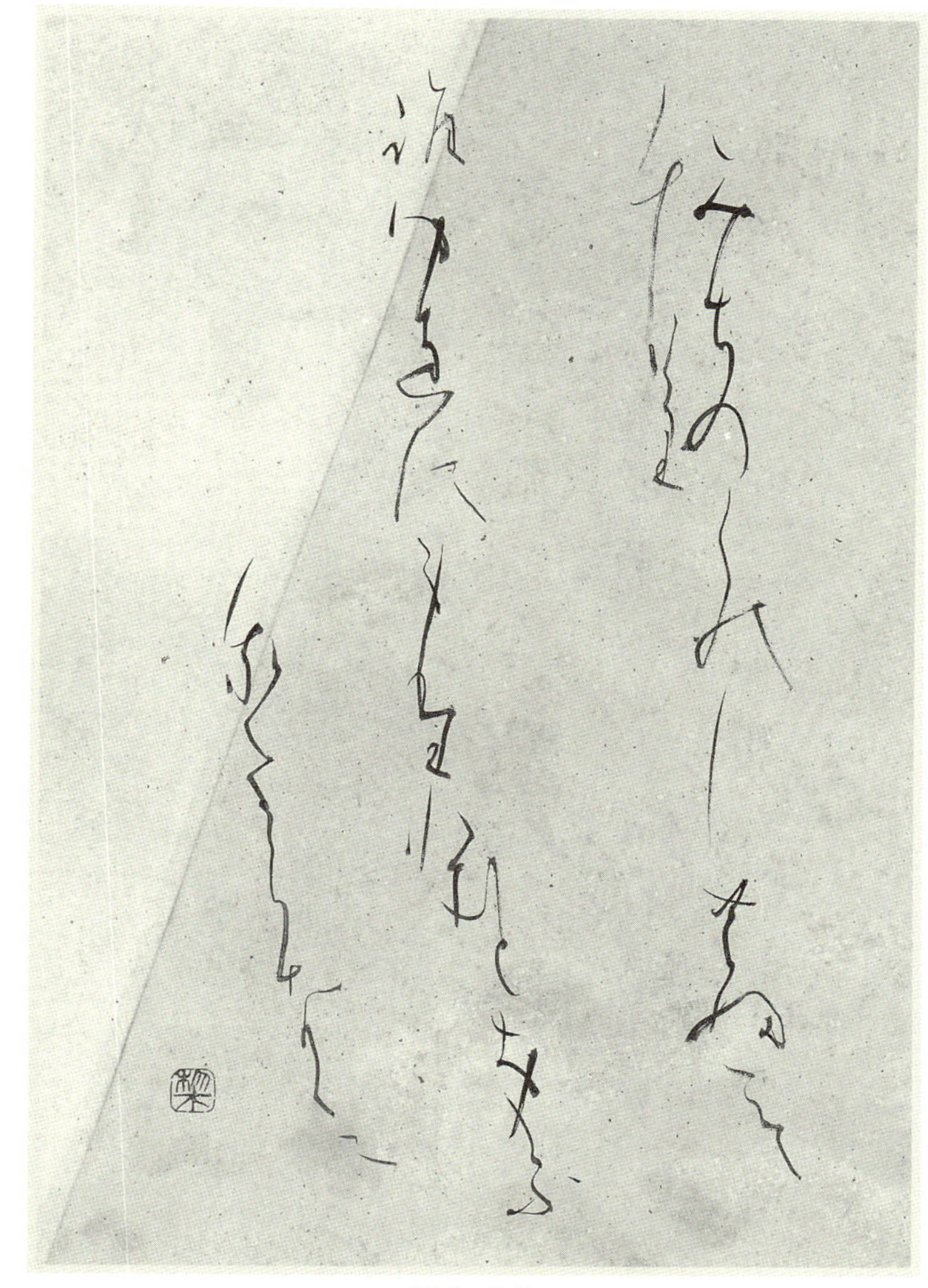

（33.5×24.5）

みちのくのしのぶもぢずり／誰ゆゑにみだれむとおもふ／我ならなくに

能　農婦毛　千須里　恵　身堂　（われ）奈　那　二

九　今来むといひて別れし朝より思ひくらしの音をのみぞ泣く（僧正遍昭）

女のもとで一夜を明かした男が、朝早く帰ってゆく時の決まり文句は、「すぐにまた逢いに来るよ」の一言。だが、言葉どおりそれを実行する男はめったにいない。待てど暮らせど男はやって来ず、女の方はといえば、日々思い悩んで声をあげて泣くばかり、というのが一首の大意。これは、対男性関係において、待つことしか許されなかった、典型的な王朝女性の歌ともいうべきものだが、その作者は、六歌仙で知られる僧正遍昭。すなわち紛うことなき男性である。

　詠作の場というものにおいて、歌題が与えられ虚構の恋歌を詠むことの多かった平安時代には、男性歌人が、女性の立場に立って詠む、いわゆる転身の女歌も少なくなかったようだ。現に遍昭の子素性法師も「今来むと言ひしばかりに長月の有明けの月を待ち出でつるかな」と詠んでいるほどである。衆生を教え導くべき僧侶が、はたまた髭面のたくましき男が、かよわき女性の気持ちになって、浮気男を恨んで見せる歌を作るのに憂き身をやつしていたかと思えば、まことに興味深いものがある。

　転身の女歌といえば、現代の歌謡曲にも、その例は多い。ちょっと思いを巡らせただけでも、細川たかし「心のこり」（作詞なかにし礼・作曲中村泰士）、森進一「港町ブルース」（作詞深津武志・補作なかにし礼・作曲猪俣公章）、五木ひろし「よこはま・たそがれ」（作詞山口洋子・作曲平尾昌晃）と、演歌系の歌手にあっては、枚挙にいとまもないほどである。どこからどう見ても立派な男性が、ひとたび歌の世界に入ると、何の抵抗もなく女性に転身し、それに耳を傾ける聴衆の方も、別段拒否反応を示さないというのだから、よくよく考えてみれば、不思議な話ではある。だが、上に述べた平安以来の、男性歌人による女歌の伝統を考慮に入れれば、それも納得できないわけではあるまい。

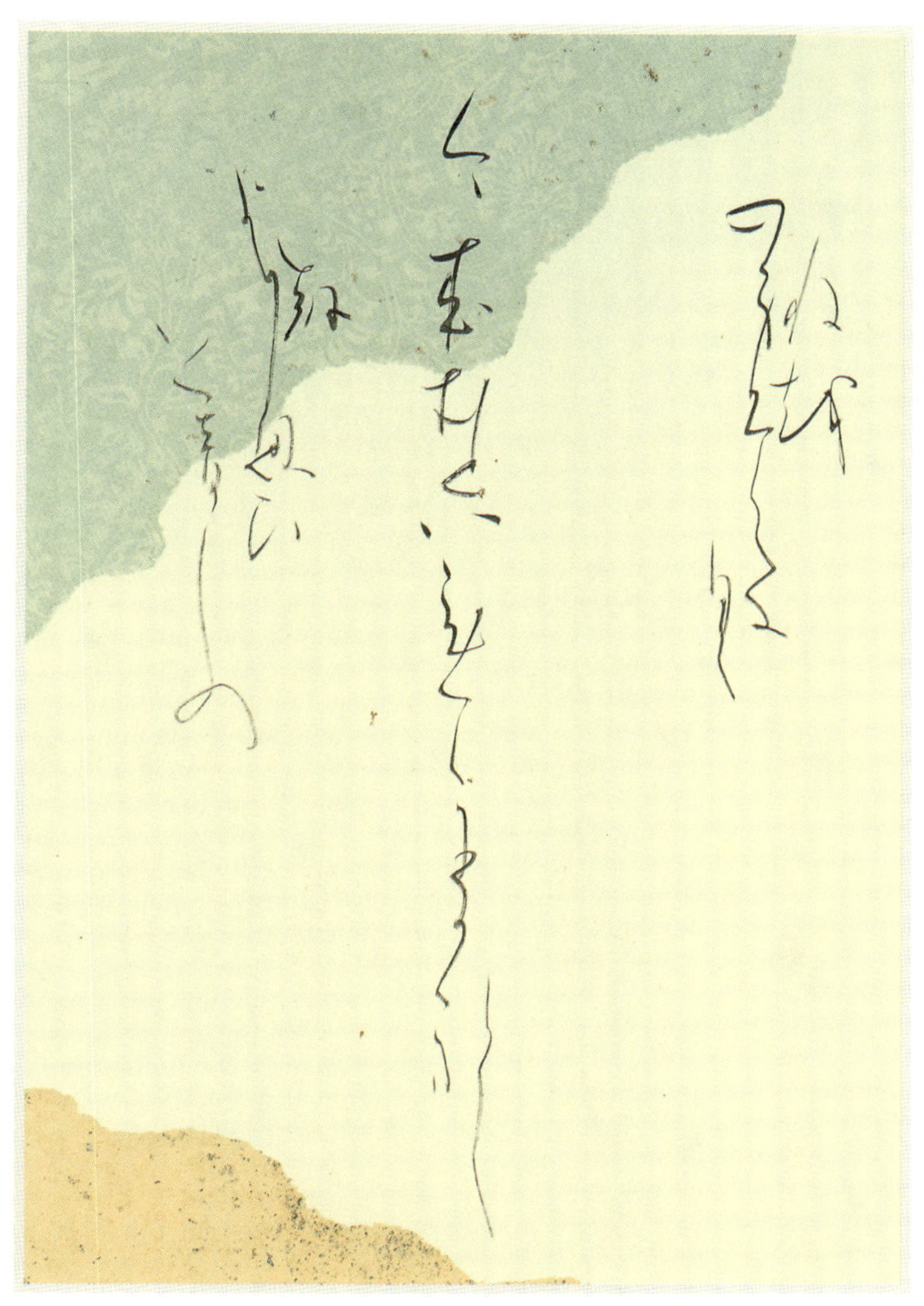

（33.5×24.5）

今来むといひてわかれし／朝（あした）／より思ひ／暮（くら）しの／ねを／のみぞな／く

飛王可礼越身奈具

一〇　色見えでうつろふものは世の中の人の心の花にぞありける（小野小町）

「うつろふ」は、「うつる」から派生した語で、王朝歌人の好んで使った言葉。時と共に物事が変化してゆく様をいうが、実際には、栄えていたものが徐々に衰えてゆくことをいう場合が多い。たとえば、「たれこめて春のゆくへも知らぬまに待ちし桜もうつろひにけり　藤原因香（よるか）」の場合はどうか。

　この歌、病気で家の中に閉じこもってばかりいる間に、折って瓶（かめ）にさしておいた桜の花が、いつのまにか散り始めてしまったのを惜しんで詠んだものだという。病床に伏す前、心待ちにして手折（た）った桜が、ふと気がついてみたら、いつのまにか色あせてしまった、と嘆いているわけだが、このように「うつろふ」とは、花でいえば、「色あせる」とか、「散りぎわになる」ことを意味する。

　だが、重要なのは、この語、花のように自然界の事象だけではなく、人の心についても使われることである。掲出歌などがまさにそうした例だ。初句の「色見えで」とは、「色に現れないで」の意。はっきりと目に見えて色あせてゆくのが、世間普通の花だとすれば、目に見えずに変わってゆくのは、世の中の人の心という名の花だったのだ、というのが一首の意。すなわちここでの「うつろふ」は、「心変わりする」といった意味で使われているのである。

　王朝人は、春夏秋冬、時の推移にきわめて敏感であったが、そうした態度が、季節のうつろいだけではなく、人の心のたのみがたさについての認識にもつながっていたといえよう。吉田兼好が『徒然草』第二十六段の中で「風も吹きあへずうつろふ人の心の花に馴（な）れにし年月を思へば、あはれと聞きし言の葉ごとに忘れぬものから、わが世の外（ほか）になりゆく習ひこそ、亡き人の別れよりもまさりて悲しきものなれ」と嘆じてみせたのも、王朝人のこうした態度に、心底共感してのことだったのであろう。

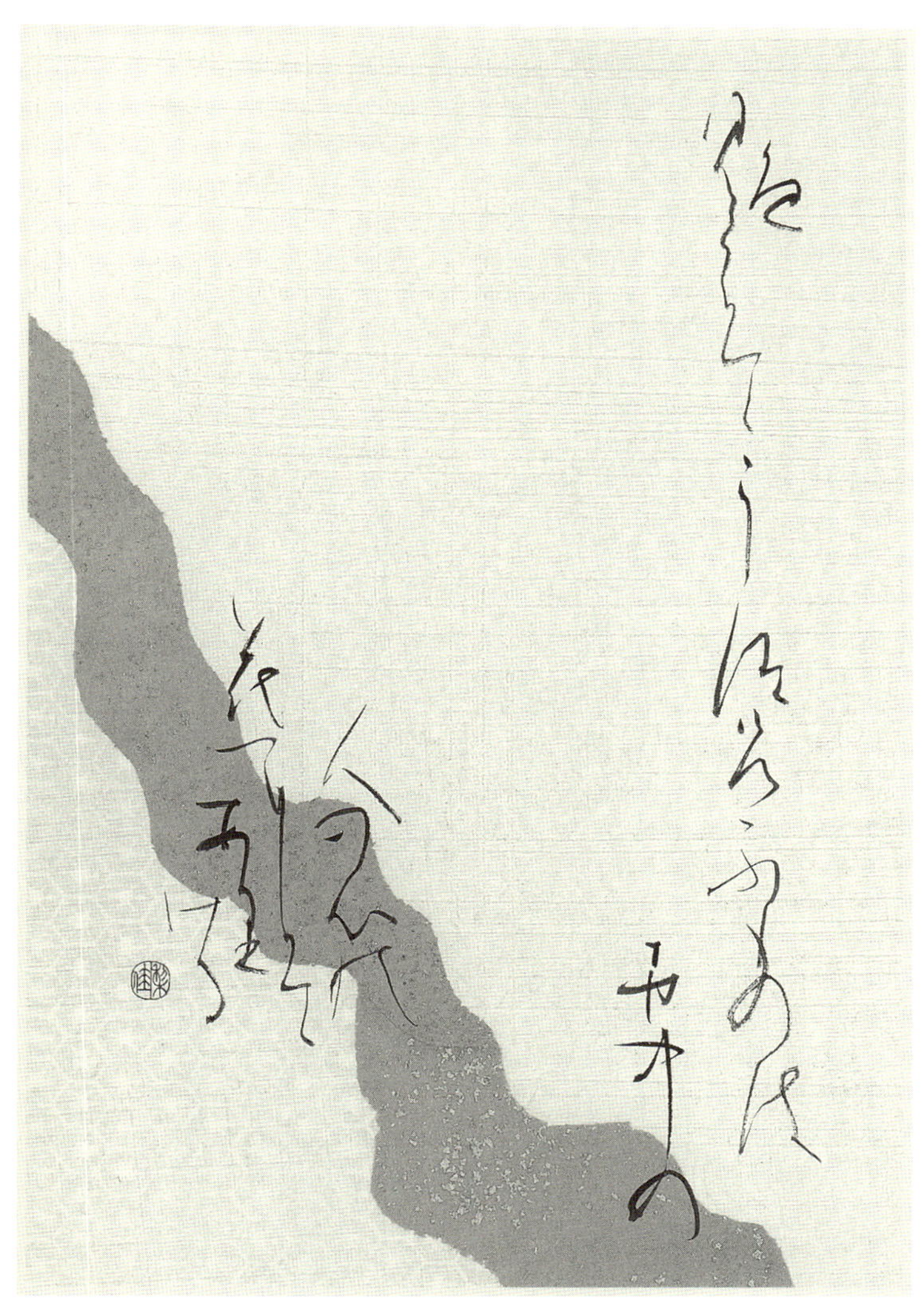

（33.5×24.5）

色／見えでうつ（徒）ろ（呂）ふものは／世中（よのなか）の／人の心の（能）／花に（耳）ぞ／あり（里）／ける

一一 人知れず絶えなましかばわびつつもなき名ぞとだにいはましものを（伊勢）

王朝文学は貴族の文学であり、また都の文学でもある。たいして広くもない平安の都の、そのまた一部の貴族たちの中だけで展開された文学にあって、噂（うわさ）というものは非常に重要な役割を果たす。『和泉式部日記』しかり、『源氏物語』またしかり。

当時噂になることを「名に立つ」といった。世間の人がある人の噂をする時、必ずその人の名前を口に上せるからである。それに対して、根も葉もない噂のことを「なき名」という。実態のありもしない噂の意であろう。たとえば、「陸奥（みちのく）にありといふなる名取川なき名とりては苦しかりけり　壬生忠岑」。一首は、陸奥の名取川じゃあないけれど、実態もないのに噂ばかりが立って苦しいことだよ、の意で、このように恋の歌に噂はつきものであった。

さて、掲出歌はどうか。女流歌人伊勢はものの見事に男にふられてしまったのである。こういう時つらいのは、男に捨てられたという事実そのものよりも、世間の噂になることである。陰でひそひそとささやかれるであろう面白半分の噂、親切を装って送ってこられる数々の同情の手紙…。どれもこれも苦痛のタネとならないものはない。誰にも知られずにひっそりと捨てられたなら、その悲しみは悲しみとして、ああ、あの人、あの人のことは単なる噂、根も葉もないまったくの噂よ、といってすましておくのだが、というのが一首の意。

だが、『後撰集』には、次のような歌もある。「なき名ぞと人にはいひてありぬべし心の問はばいかが答へむ　よみ人しらず」。そんなの根も葉もない噂よ、と他人にはいってすますこともできよう。が、もしわれとわが心が尋ねたら、その時はいったい何と答えよう、というもの。たとえ人はごまかせても、自分自身をごまかすことはできないのだ。この歌、まるで伊勢の心底をみすかしたような作だが、伊勢が知ったら、はて何と答えたであろうか。

だいしらず／伊勢

人しれず／たえなましかば／わびつゝも／なき名ぞとだにいはまし／物（もの）を

（33.5×24.5）

一二　睦言（むつごと）もまだつきなくに明けぬめりいづらは秋の長してふ夜は（凡河内躬恒）

リュシエンヌ・ボワイエの創唱になるシャンソン「聞かせてよ愛の言葉を」は、「愛の言葉を聞かせて、甘い言葉をささやいて」と、その歌詞だけを卒然と読めば、こちらが気恥しくなるような文句ばかりが並ぶものの、ひと度これが旋律に乗って唄われれば、どうしてなかなかの名曲。かのジュリエット・グレコが重要なレパートリーのひとつにしているのも、さこそとうなずけよう。

　男女の交（か）わす愛の言葉、とりわけ寝物語でのそれを、古語では「睦言（むつごと）」といった。「愛しているよ」「好きだわ」「忘れないでね」「お前が一番」の類で、他人が聞けば馬鹿らしいことこの上なく、それでいて当人たちはしごく大まじめ。何時間同じ言葉をささやきあっても飽きるところを知らない、というのが睦言の睦言たるゆえんであろう。掲出歌は、愛の言葉もまだいい足りないのに、もう夜が明けてきたらしい。いったいどこへ行ってしまったのだ、昔から長いといわれている秋の夜は、といったほどの意。秋の夜を擬人化し、それに向かっておどけて見せたこの歌は、ユーモア精神に満ちた作ともいうべきもので、読者の側もあまりまじめくさって受け取る必要のないものである。

　王朝和歌は、その基底に大人だけが知る遊びの精神があり、同時にそれは洒落た都会趣味の文学でもある。平安・鎌倉・室町・江戸と一千年近くも続いた『古今集』の権威を一気に引き落したのは、いうまでもなく正岡子規だが、四国は松山出身の彼には、残念ながらこの洗練された都会風の文学は、ついに理解できなかったようだ。王朝和歌を味読するには、それが遊びの精神に満ちた、洗練された大人の文学であることを、まず何よりも心得ておく必要があろう。

　最後に『隆達節』を一曲紹介しておこう。「逢ふ時は秋の夜もはや明けやすや　独り寝（ね）る夜の長の夏の夜」。もちろん躬恒歌を踏まえての言である。

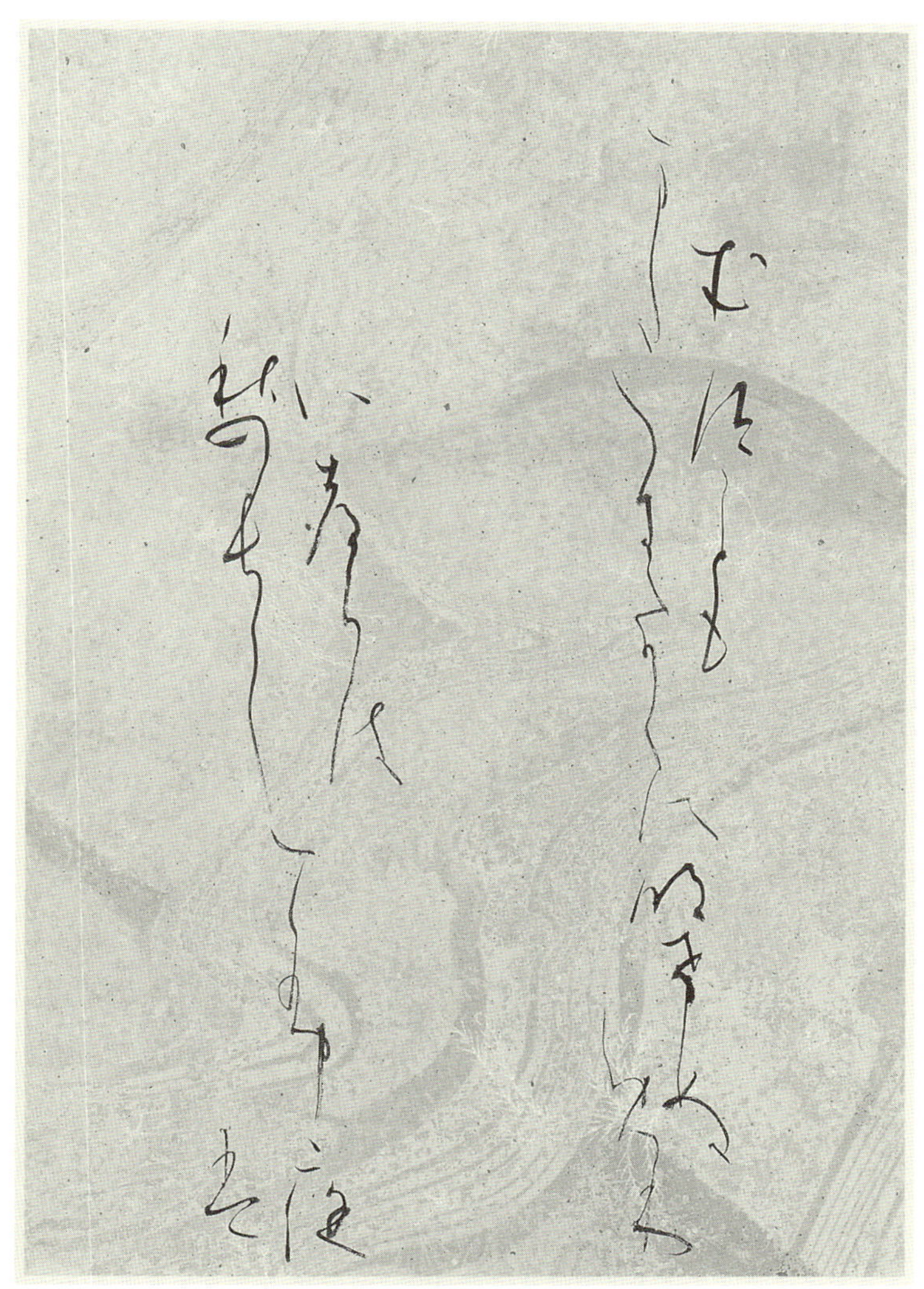

（33.5×24.5）

むつ(徒)ごとも／ま(万)だ(多)つき(支)な(奈)くに(二)明け(希)ぬ／めり(免利)／いづ(都)らは／秋の長(なが)してふ(布)夜／は(盤)

一三　君をおきてあだし心をわが持たば末の松山波も越えなむ（東歌）

掲出歌は東国地方で謡われていた民謡。末の松山は宮城県多賀城市にある歌枕で、海岸から遠く離れているゆえに、そこを波が越えることはけっしてないといわれていた。あなたをおいて私が浮気心を持つようなことがあれば、その時は末の松山を波も越えるでしょう、の意。その心は、実際には末の松山を波が越えることがないように、私が心変わりすることもまたありえない、というのである。

また後世の『隆達節』では「末の松山小波は越すとも　御身とわれとは千代を経るまで」と謡っているのも、もちろん『古今集』のこの歌を踏まえてのこと。ここでは、たとえ末の松山を波が越すことがあっても、あなたと私の仲は未来永劫変わることはない、とめでたく謡いおさめる。

だが、どれほど多くの言葉を尽くして誓い合っても、心変わりするのは、人の世の常というもの。不本意にも末の松山を波が越えてしまったと嘆く歌も、その例少なしとしない。「わが袖は名に立つ末の松山か空より波の越えぬ日はなし　土佐」。『後撰集』所載のこの歌は、私の袖は噂で名高い末の松山か、空から波が越えきて濡れない日もないことだ、というもの。

『百人一首』で知られる清原元輔の「契りきなかたみに袖をしぼりつつ末の松山波越さじとは」も、この例にもれない。約束しましたね、お互いに泣きの涙で袖をしぼりながら、末の松山を波が越すことがないように、というのがその大意。こちらはどうやら心変わりしたのは女性のようであるが、『後拾遺集』の詞書によれば、この歌、「人に代はりて」詠んだというから、完全な代作歌である。ふられた男に代わって詠むなど、さぞかしむずかしかろうと思いがちだが、歌詠み元輔にとって、何のこれしき朝飯前のことだったのである。

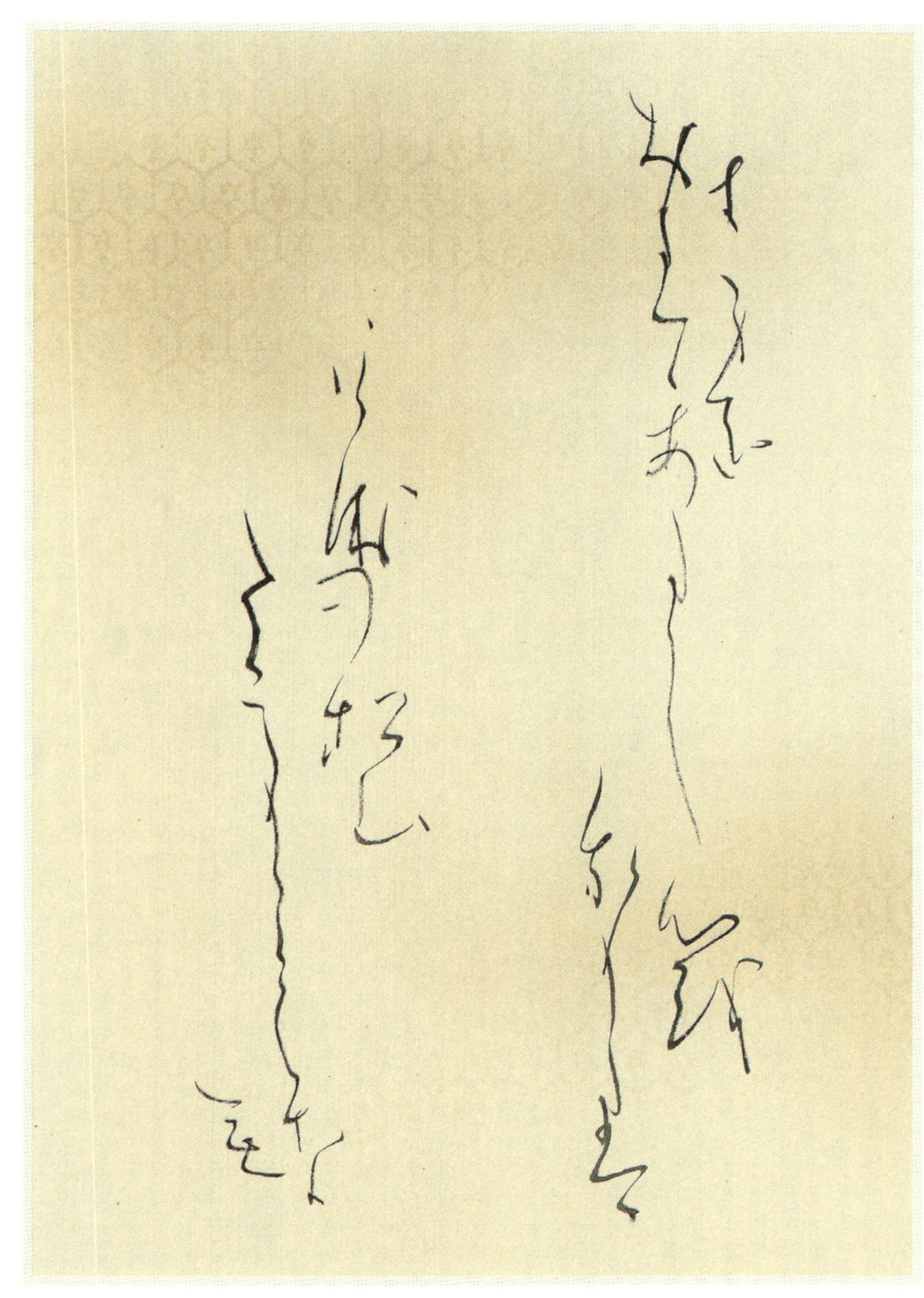

（33.5×24.5）

き(支)み(身)を／おき(支)てあだ(多)し心を(越)／我(わが)もたば(多盤)／すゑ(須衛)の松山／なみ(奈三)もこえな／む(無)

一四　夢よりもはかなきものは夏の夜の暁がたの別れなりけり（壬生忠岑）

王朝和歌では、夜が長いのが秋ならば、その反対に、短く明けやすい、と詠われるのは夏の夜である。紀貫之の代表歌「夏の夜のふすかとすればほととぎす鳴く一声に明くるしののめ」も、ご多分にもれず夏の夜の短さを嘆じたもの。大意は、床に入ったかと思えば、もうほととぎすが一声鳴いて、あたり一帯しらじらと夜が明け始めた、何と短い夏の夜であることか、というもの。『古今集』には夏の部に採られているものの、もともとの歌合では、恋部に載るから、一夜を共にした恋人と朝方別れるにあたっての嘆きを詠んだ、という設定とみてよかろう。

そんな後朝の別れというテーマを、もっとはっきりと打ち出したのが、掲出の忠岑の歌である。さなきだに恋人との別れはつらいのに、思えば夏の夜の何と短いことか、そのはかなさといったら、夢にも負けないほどだ、というのである。

夢といえば、平安時代屈指の女流歌人である和泉式部に「白露も夢もこの世も幻もたとへていへばひさしかりけり」という作がある。これは、いともはかない縁の男に宛てて詠んだもの。白露・夢・この世・幻、とどれもこれも世間では、はかないものの代表のようにいわれているが、それでもあなたとの仲に比べれてみれば、みんな長いものばかりですよ、というのが大意。

夢は昔からはかないものの譬えに詠われてきたが、忠岑の歌は、それよりはかないものがこの世にはある、それは夏の夜の暁方の別れだ、というのである。この歌、『後撰集』では「題しらず」として載せるが、『忠岑集』の詞書には「忍びて女のもとに侍りしに、いくばくもなくて明け侍りしかば」とあり、女と密会した時の歌と知られる。忠岑が嘆くのも、さこそとうなずかれよう。

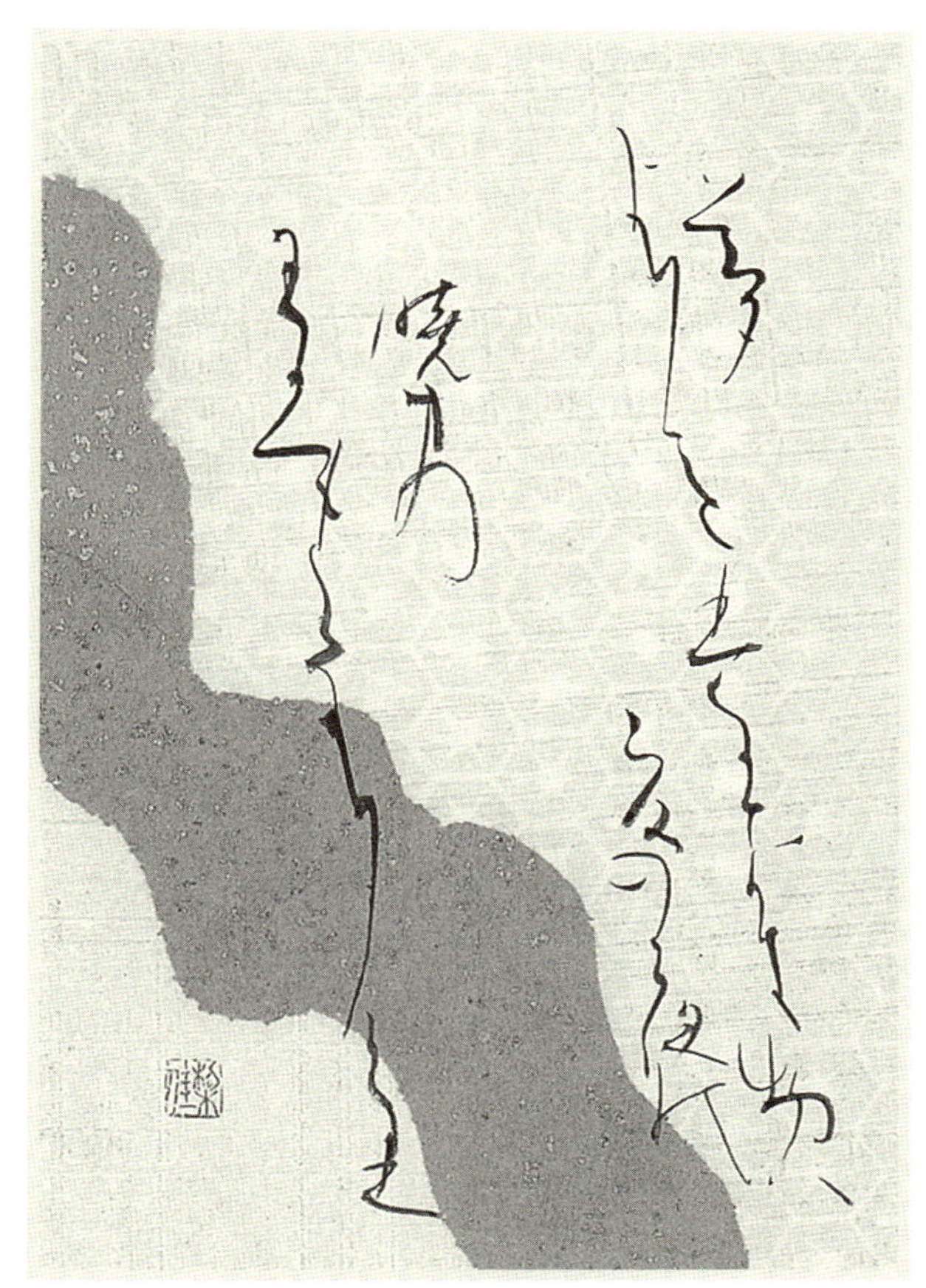

（16.8×11.5）

夢／よりもはかなき物は／夏の夜の／暁方(がた)の／わかれなりけり

毛盤可　支(もの)八　能　王可連奈介里

一五　昔せしわがかねごとの悲しきはいかに契りし名残なるらむ（平定文）

この歌が詠まれた事情は、『後撰集』の詞書によれば、以下のとおり。老大納言藤原国経のもとには、若くてとびきり美人の妻がいた。その妻がどういうわけか、色好みで知られた平定文とひそかに語らう仲となり、あろうことか二人は遠い将来まで約束したのである。だが、やがて子細あって、女は藤原時平のもとに引き取られてしまった。時平といえば左大臣で時の最高権力者。定文がどうあがいてみても、おいそれと逢うことができなければ、また文を交わすこともままならない始末。それでも諦めきれない定文は、人目を忍んで時平の邸に赴き、女の五歳ばかりになった子供を捕まえ、「どうかこれを母上に見せて下さい」といって、すばやくその子供の腕に歌を書きつけた、というのである。

一首の歌意は、昔した私の約束事がこんな悲しい結果を迎えたのは、いったいどのように契った名残なのであろうか、というもの。これに対して、女はどのような歌を返したか。「うつつにて誰契りけむさだめなき夢路にまどふわれはわれかは」。こちらは、この現実の世でいったい誰が私と約束したのでしょう。さだめのない夢路を迷う私は、はたして本当の私なのでしょうか、の意。さしずめ女は茫然自失の体といったところであろう。

この贈答歌が交わされるに至った背景を、『今昔物語集』の巻第二十二の第八話が詳しく伝えてくれる。それによれば、この女というのは、在原棟梁の娘だというから、かの有名な業平の孫ということになる。また定文の歌を母親に伝えた、国経の子供とは藤原滋幹のこと。ある日突然自分の母親と別れて暮らすことを余儀なくされた滋幹の、その美しい母への飽くなき思慕の念を、さまざまなエピソードを交えながら綴ったのが、谷崎潤一郎の『少将滋幹の母』。これは王朝古典に取材した文豪一代の傑作ともいうべきもの。ぜひとも一読を薦めたい。

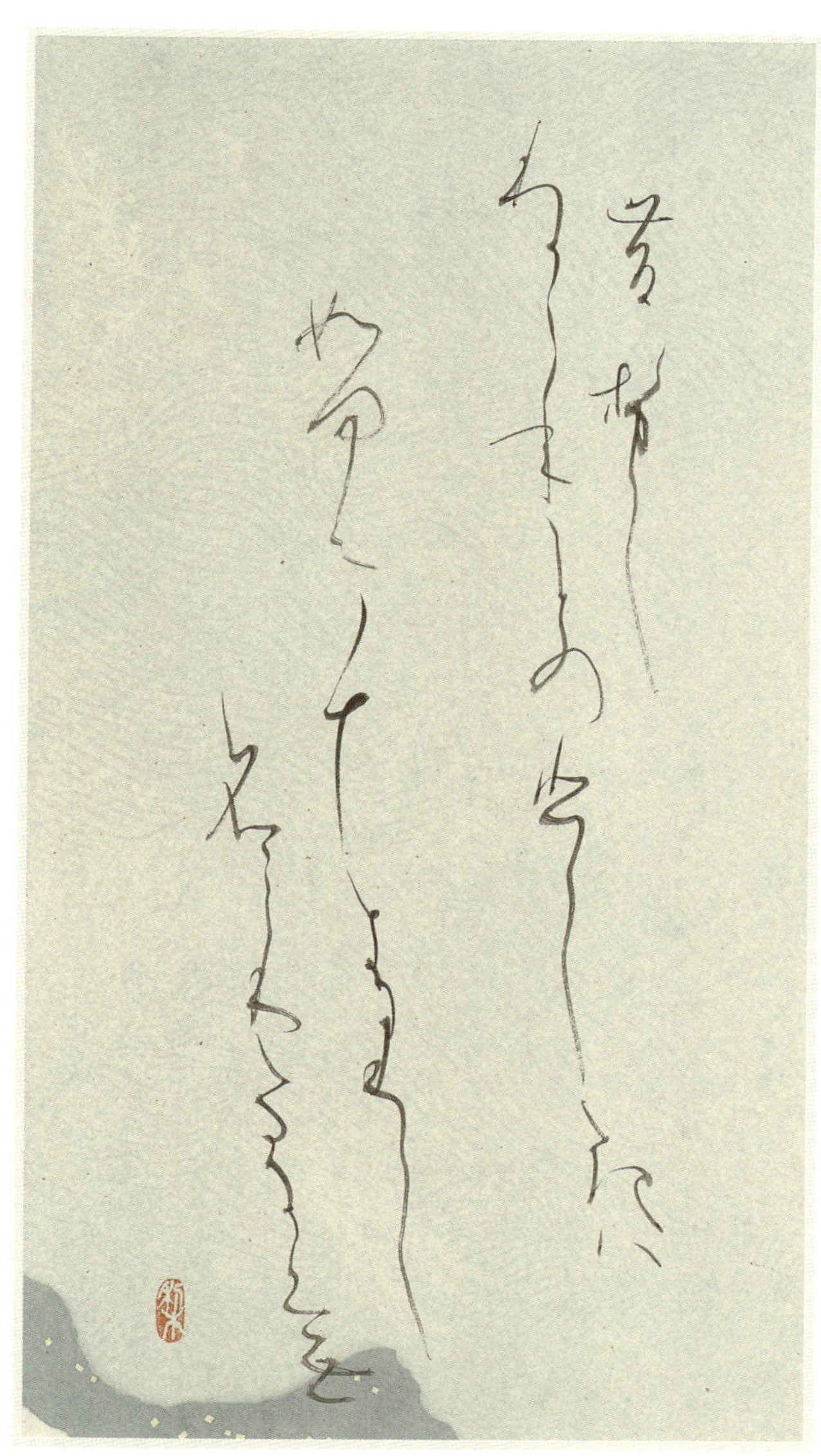

（33×17.7）

昔せし／わがゝねごとの悲しきは／如何にちぎりし／名ごりなるらむ

勢 可 年 起 八 （いか）二 千 支 里 利 奈 無

一六　思はむとわれを頼めし言の葉は忘草とぞ今はなるらし（よみ人しらず）

王朝和歌、とりわけ恋の歌にあって、「頼む」というのは、まことに重要な言葉である。「頼まず・頼みたり・頼む…」と四段活用の時は、「あてにする」といった意。それに対して、「頼めず・頼めたり・頼む…」と下二段活用の場合は、「あてにさせる」といった意になるが、後者は、特に男が女に対して「期待させる」といった意味合いで使うことが多い。

掲出の歌、「いつまでも愛しているよ」と私をあてにさせた、そのお言葉も、今はすっかり忘れてしまわれたようですね、といったもの。「言の葉」は言葉のいいだが、その縁で「忘草」という語が使われた。また、「なるらし」と断定を避けたもののいい方をするも、いかにも王朝的である。

このように、平安時代の和歌にあっては、自分を捨て去った男を恨む場合でも、あくまで抽象的かつ婉曲（えんきょく）的に表現するのが常であるが、同じ平安時代でも、ひとたび俗謡に目を転じてみると、これがまたガラッと変わったものいいになるからおもしろい。

「われを頼めて来ぬ男　角三つ生ひたる鬼になれ　さて人にうとまれよ　霜雪霰（あられ）降る水田の鳥となれ　さて足冷たかれ　池の浮草となりねかし　と揺（ゆ）りかう揺り揺られて歩け」と。これは当時平安の都にあって、老若男女、身分の高下を問わず、誰もが口ずさんだはやり唄、『梁塵秘抄（りょうじんひしょう）』の中の一曲だ。浮気男に対する呪咀（じゅそ）に満ち満ちた歌だが、その文句がひとつひとつ具体的にしてかつ直接的なのが、掲出歌などとの大きな違いであろう。

源平合戦時代の大立て者として知られる後白河院が、夜な夜なこんな唄を口ずさむことで、わずかに心を慰めていたのかと思えば、平安貴族の世界も、われわれにとって、またぐっと身近なものに感じえよう。

(33.5×24.5)

お(於)もはむ(無)と／わ(王)れ(連)をた(多)のめ(免)し／ことの葉(は)ゝ／わすれ(礼)草とそ(所)ぞいま(万)は／な(奈)る(流)らし

一七　ありしだに憂かりしものを飽かずとていづこに添ふるつらさなるらむ（中務）

結句の「つらさなるらむ」の「つらさ」は、「つらし」という語から派生したものだが、この「つらし」という形容詞は、王朝和歌に頻出する、きわめて重要な言葉である。この語、ある苛酷な状況に置かれたわが身をつらいと感じているのではなく（第二句に出てくる「憂し」という語がそれに該当する）、相手の冷たい態度に対して、それを「ひどい、冷淡だ」と恨む気持ちをいう。

たとえば、「逢はずして今宵明けなば春の日のながくや人をつらしと思はむ　源宗于」「つらしとも思ひぞはてぬ涙河流れて人を頼む心は　橘実利」「つらしとは思ふものから恋しきはわれにかなはぬ心なりけり　よみ人しらず」など、いずれも自分に対する相手の仕打ちを「何て冷たい人だ」と、うらめしく思う気持ちを詠んでいるのである。

さて、掲出歌だが、これは女流歌人中務が、若き日の藤原実頼に宛てて詠んだもの。初句の「ありし」は「ありし時」の意で、過ぎ去った日々を指す。一首全体は、今まででも私は十分つらい思いをしてきましたが、それでも足りないというので、いったいどこに付け加える、あなたのその冷淡さなのでしょうか、といったほどの意になろう。

第二句の「憂かりしものを」の「憂し」は、すでに述べたように、自らの置かれた状況を「つらい」といっているのであって、特に相手のことを問題にしているわけではない。このように「憂し」と「つらし」には、その使い方に微妙な違いがあり、それゆえに「つらしとも憂しともいはじわが袖の涙に思ふ色は見ゆらむ　平宣時」とか、「つらしとも憂しともさらに嘆かれず今はわが身のありてなければ　藤原光俊」のように、「憂し」と「つらし」とを、ふたつ並べて表現することも可能だったわけである。

（16.5×11.5）

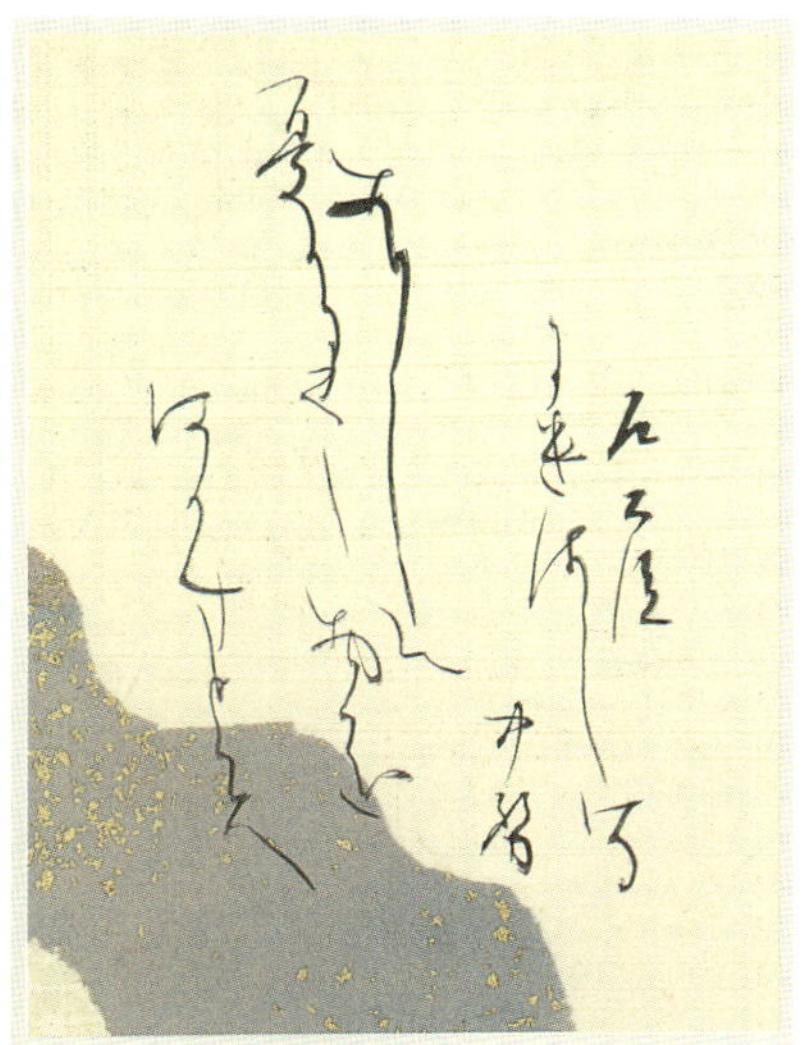

（16.5×12）

左大臣
に（尔）遣はしける
中務
ありしだに（多二）
憂かり（可里）し物を
あか（阿可）ずとて（天）

いづこに（尔）そふ（曽婦）る
つ（徒）らさなる（奈流）
覧

一八　思ひかね妹がりゆけば冬の夜の河風寒み千鳥鳴くなり（紀貫之）

一首は、恋しさに耐えかね愛する人のもとへゆくと、時はあたかも冬の夜、河風が寒く吹きつけてきて千鳥も鳴いていることだ、といったほどの意。わびしげな千鳥の鳴声は、同時にまた詠者の泣声でもある。あの貫之嫌いで有名な正岡子規をして「この歌ばかりは趣味ある面白き歌に候」といわしめた、貫之一代の傑作だが、実はこの歌、貫之の実体験から生まれたわけではないのである。

平安時代の詠歌の場に、屏風歌というものがある。この屏風歌とは、いったい何か。寝殿造りと呼ばれる王朝貴族の邸宅において、広い部屋を区切るのに、几帳（移動式カーテン）と共に重要な役割を果たしていたのが屏風であるが、通常その屏風には、四季折々の絵が描かれていた。だが、絵だけではもの足りない。そこで屏風の主たちは歌人に依頼して、その図柄にふさわしい歌を詠んでもらい、それを能書家に頼んで絵の片隅に書き添えたのであった。

掲出の歌、『拾遺集』の詞書には「題しらず」とあるが、『貫之集』によれば、ある貴族の依頼によって詠まれた屏風歌だと知られる。画面は冬の夜、地上には一筋の河が流れ、空には千鳥が群れ飛ぶ。そんな景色を背景に、恋人のもとへと急ぐ男の姿がぽつんとひとつ。歌人は、その風景をじっくりと眺め、そして時には画中の人物の立場に立って、いかにも絵柄にふさわしい歌を詠出するのである。

この歌を収める『貫之集』は、九巻九百余首からなる大規模なものだが、その内の何と半数を越えるのが、屏風歌。屏風歌は権門貴紳から依頼があって初めて詠むものである。それゆえ屏風歌の数の多さは、その時代の歌人としての人気のバロメーターでもある。時にそんな視点から王朝和歌の歴史を眺めてみることも、また必要なことであろう。

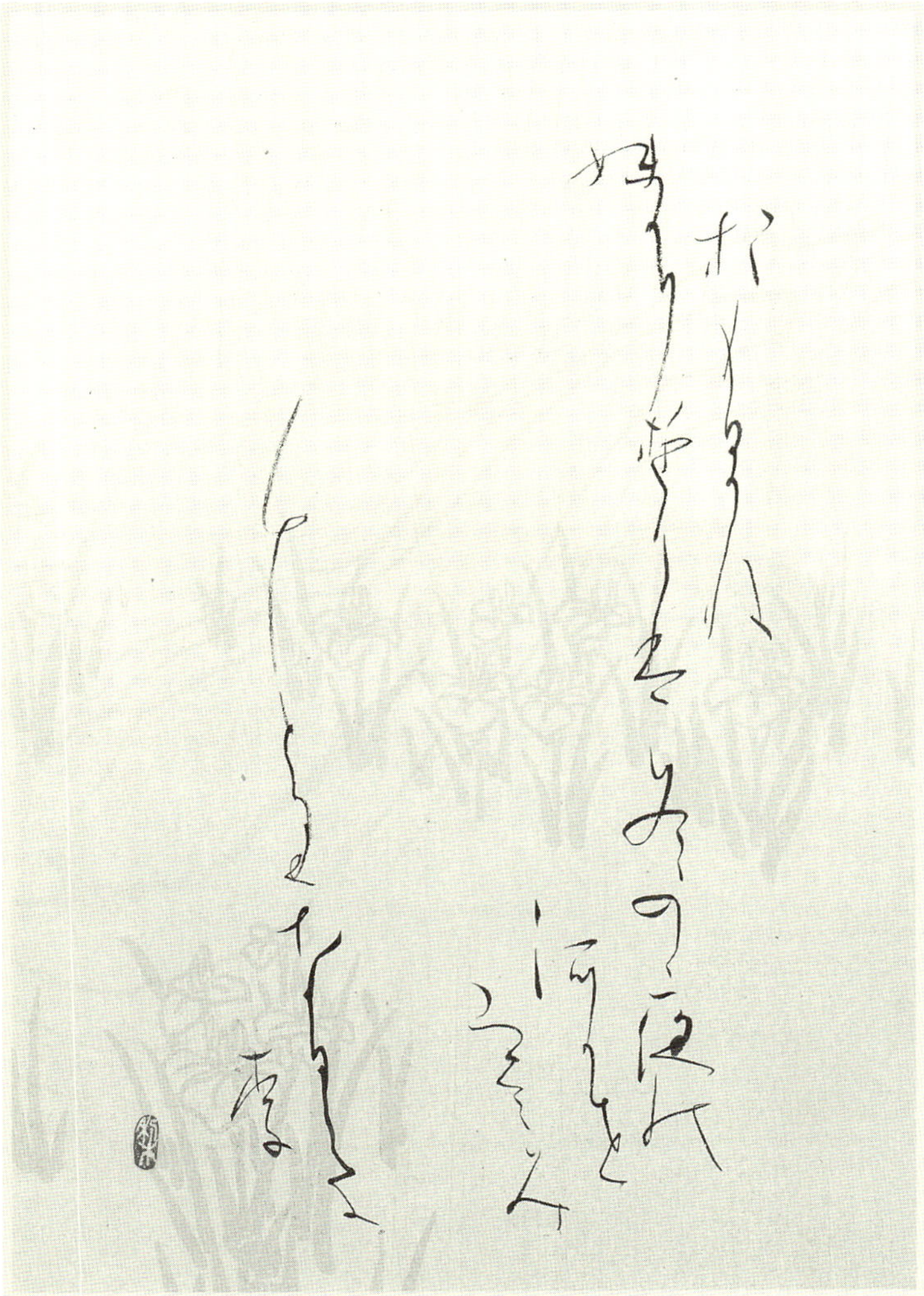

お（於）もひ（日）か（可）ね／妹が（可）りゆ（遊）け（介）ば（盤）冬の夜の（能）／河か（可）ぜ（世）／寒み／千どり（里）なく（具）な（奈）／り（李）

（33.5×24.5）

一九　手枕の隙間の風も寒かりき身はならはしのものにぞありける（よみ人しらず）

初句の「手枕」とは、腕枕のこと。昔は腕枕のわずかな隙間も寒かった、とはどういうことか。室町時代の『閑吟集』に収められた一曲が、この間の事情を説き明かしてくれる。いわく「二人寝しものを　独りも独りも寝られけるぞや　身はならはしよなう　身はならはしのものかな」と。掲出歌の上句「手枕の隙間の風も寒かりき」とは、愛する男と共寝をした時の幸せな回想シーンを意味する。対する下句は、独り身の現在のわびしい境遇を詠ったもので、人間どんな境遇にも慣れれば慣れるものだったのだなあ、と詠嘆して詠いおさめる。

　結句「ものにぞありける」の「ける」は、一般に過去の助動詞とも詠嘆の助動詞ともいわれているが、要は今初めてそのことに気づいた、という時に使われる認識の助動詞である。そもそも、ものごとは人が気づいた時に初めて過去のものとなり、人は何かに気づくことによって詠嘆する。かつては想像だにしなかった独り寝も、今ではすっかり慣れっこに。してみれば人はどんなことをしても生きてゆかれるものだったのだ、という苦くさびしい認識がここにはある。

　この歌、『拾遺集』には「題しらず」として載るが、『今昔物語集』巻十九の第五話は、ある薄幸の姫君のあわれ深いエピードを伝える。昔、京の都、六の宮という所に、両親に死なれ寄る辺ない身の姫君がいた。そこに一人の若者が通い、ほんの一時幸せな日々が女に訪れるが、男は父親の任地である遥か離れた陸奥国へ下向。かくて数年が経過する内にいつしか消息も途絶え、女は以前にもまして零落。長年住み慣れた親の家をも離れ、西の京のあばら屋でわび住まいをする始末。やがて帰京した男が女を尋ね出した時、女にできることといえば、虫の息でわずかにこの歌を詠むことだけであった…。ちなみに、芥川龍之介『六の宮の姫君』は、この話に基づいて書かれたものである。

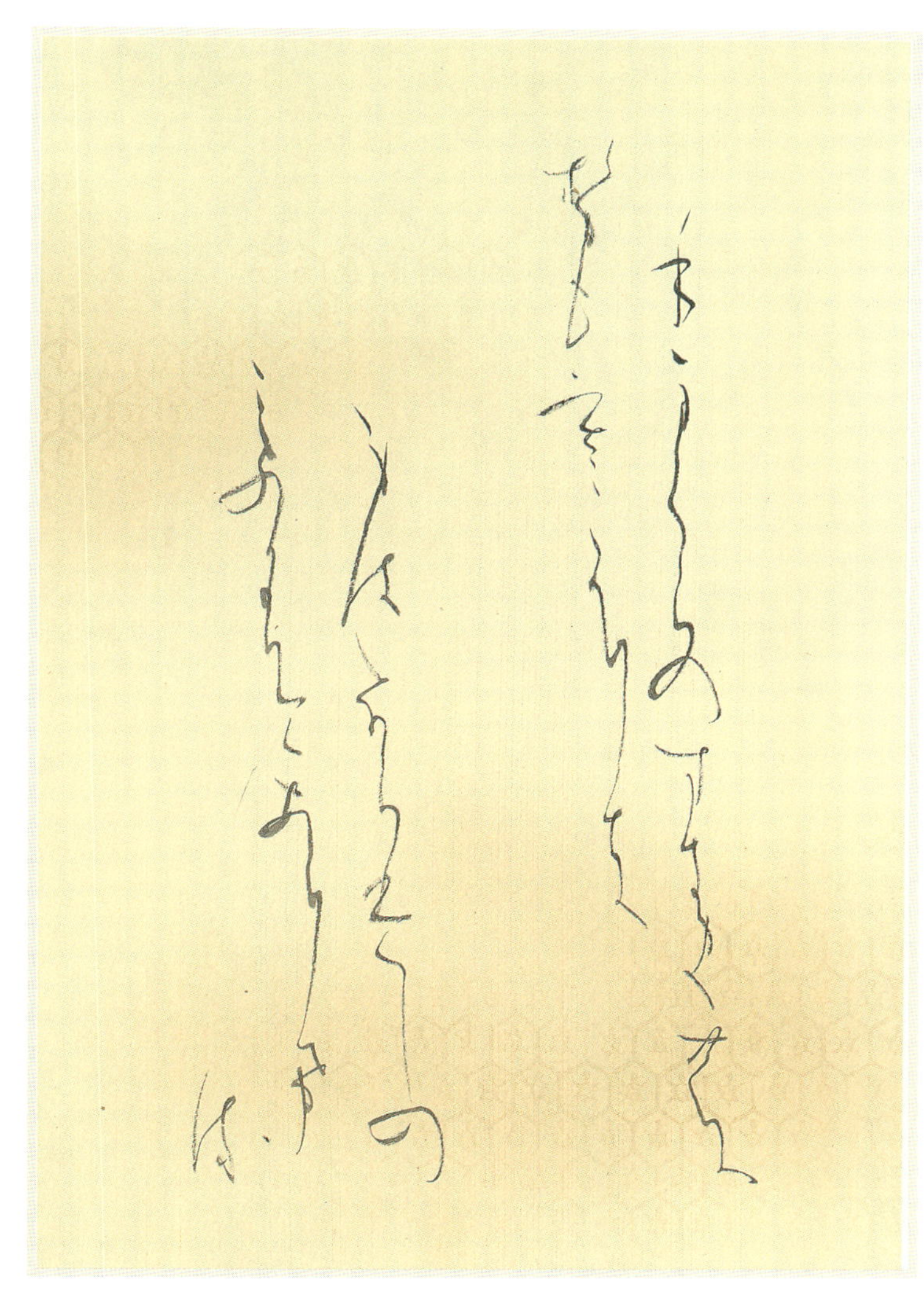

(33.5×24.5)

手まくらのすきまのか／ぜも寒かりき／身はならはしの／ものにぞありけ／る

(た)万　支　農可　勢　可　支　奈　盤　毛　尓　希　流

二〇　忘れぬる君はなかなかつらからで今まで生ける身をぞ恨むる（よみ人しらず）

王朝人のものの考え方を支配していたのは、宿世（すくせ）の観念である。宿世とは、現代語の運命とか宿命という語に似ていながら、必ずしも同じというわけではない。要するに、宿世とは、この世の中での出来事はすべて前世（ぜんせ）からの因縁によって決められている、という仏教的な世界観に基づくものである。こうした考えに馴れ親しんだ人々にとっては、武家社会の好む努力とか決断などという言葉は、およそ縁遠いものとならざるをえなかった。

さて掲出歌だが、三句目の「つらからで」の「つらし」とは、すでに述べたように「ひどい、冷たい」と、相手の冷酷な態度を恨む言葉で、上句は、私のことを忘れ去ったあなたのことを、かえって恨めしいとも何とも思わずに、といったほどの意になる。それに対して、下句でいっているのは、こうなるのも、すべて前世からの定めだと思えば、今さら男を恨んでみても仕方のないこと、それよりも今までおめおめと生きながらえてきた、このわが身こそが恨めしい、という悔恨の情である。

どこの誰が詠んだのかも知られないこの歌だが、まるで幾百、幾千という、名もなき王朝女性たちのつぶやきを代弁するかのような作である。こんな風にして、いったいどれほど多くの女性たちが、おのが宿世のつたなさ、すなわち、わが身の不遇を嘆いてきたことであろうか。『大和物語』や『今昔物語集』などは、このような女性たちのエピソードに満ち満ちている。

現代の日本語でそうした哀話に接したいというむきには、堀辰雄の『廣野（あらの）』を薦（すす）めたい。同作品は、『今昔』が伝える幸薄い女性の話を、いとも美しい現代語に翻案したものだが、その冒頭に、掲出歌がエピグラフ風にひっそりと置かれているのも、堀の王朝文学への造詣の深さを物語るものといえよう。

忘／れ(連)ぬる君はな(奈)か(可)〳〵つ(徒)らか(可)らで(天)／今ま(万)で(傅)生け(希)る(流)身を(越)／ぞ(曽)／う(宇)らむる

（33.5×12）

二一　頼むるを頼むべきにはあらねども待つとはなくて待たれもやせむ（相模）

三十一文字という極小の器に、複雑な心情を盛り込もうとする和歌にあっては、一首の中で同じ言葉はできるだけ避けようとするのが常套手段であるが、時として意図的に同じ言葉を重ねて使うこともある。掲出歌などもさしずめそうした例に属しよう。

この歌、『後拾遺集』並びに『相模集』に載るが、それらの詞書には、男が相模に対して、「待っていて下さい。必ず行きましょう」といってよこしたので、その返事に詠んだ、と記されている。

上句に「頼むるを頼むべきにはあらねども」とあるが、この二つの「頼む」は意味用法が異なる。これも先に述べたことだが、「頼むる」は下二段活用の動詞で、「あてにさせる」の意だが、一方「頼む」は四段活用の動詞で、「あてにする」の意。王朝和歌にあっては、普通前者は男の、後者は女の心情を指すことになる。「今夜は行きますよ、待っていて下さい」と男は、女にあてにさせるようなセリフをいうが、女は過去の苦い経験から、男の言葉が素直にあてにできるなどと思ってはいない。上句は、王朝社会における男女の駆け引きを、一瞬垣間見させてくれる内容となっている。

だが、それでは、女はきれいさっぱり男を忘れ去ることができるかといえば、さにあらず。期待しているというわけではないが、それでもついつい男の来訪を待ってしまうことだろうか、と下句では逡巡する女の心の内を吐露する体となっている。

女は、それまでの数々の恋愛体験の中から、男が一途に信用できると、けっして考えているわけではない。だが、それでもどこか心の片隅に、男の言葉にかすかな期待を寄せる気持ちがないわけではない。相模歌は、そうした女心の葛藤をものの見事に表現しえた佳作といえよう。

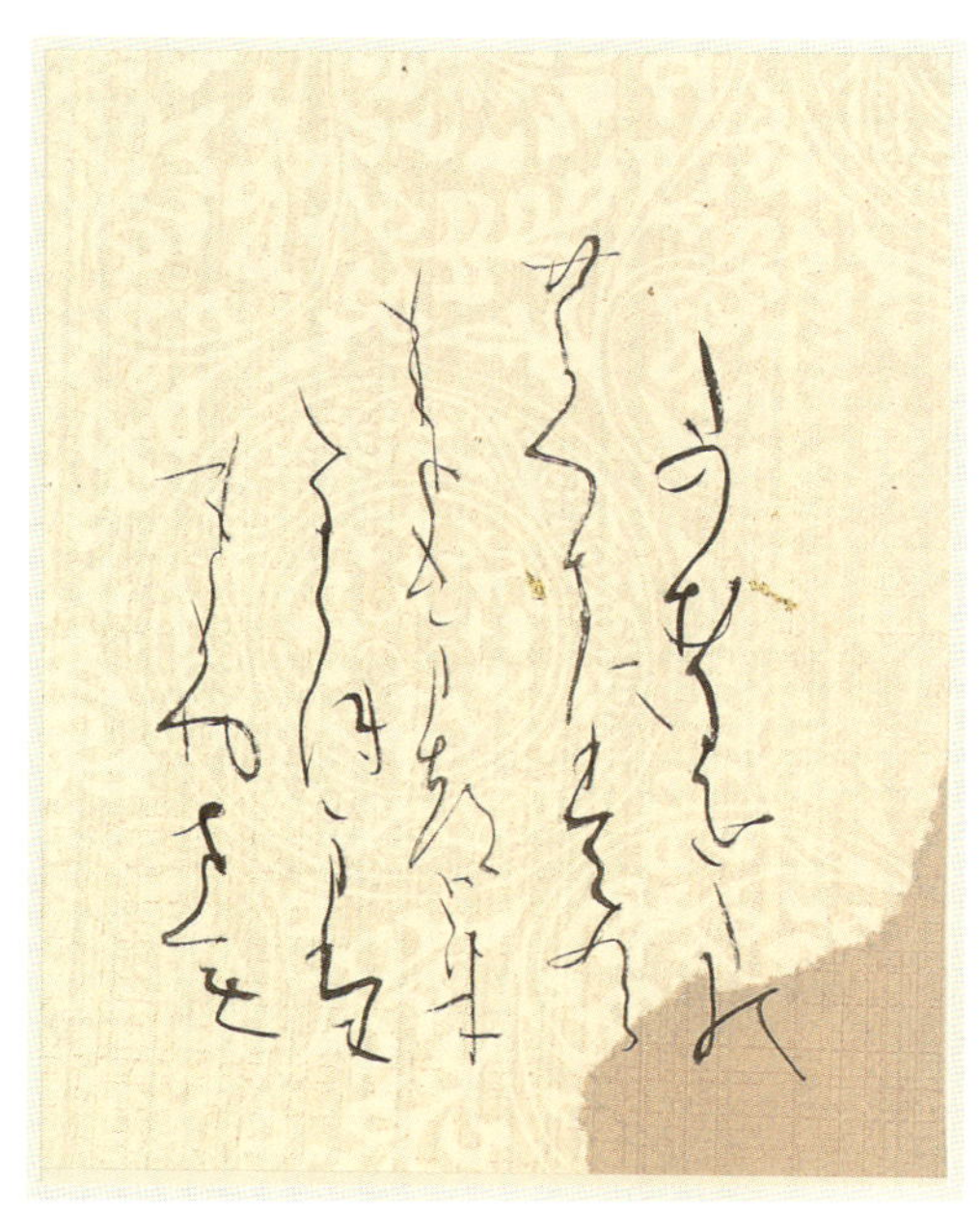

（15.5×12）

た（多）のむるをた（多）の（能）
む（無）べき（支）には（盤）あら
ね（年）どもま（万）つ（都）とは（半）
な（奈）くて（傳）ま（万）た（堂）
れ（連）もやせ（世）む（無）

二二　明日ならば忘らるる身になりぬべし今日を過ぐさぬ命ともがな（赤染衛門）

この歌が詠まれた事情について、『後拾遺集』の詞書はいう。女を恨むことがあったのか、「今日かぎり二度と来ることはない」といって朝方出ていった男が、何のかげんか昼になってのこのことやって来たので詠んだのが、この歌だと。

前言をひるがえして男がやって来たものの、こんなことでは、いつまた二人の仲が途絶えないともかぎらない。上句は、そうした女の不安な気持ちを表出したものといえよう。ならば、いっそのこと男の態度が変わらぬ今日の内に息絶えてしまいたい、というのが下句の意。

赤染のこの歌は、ただちに『百人一首』で知られる「忘れじの行末まではかたければ今日をかぎりの命ともがな　高階貴子」の詠を想起させよう。男は「忘れじ」と繰り返し誓うが、これから先のことなど、到底あてにできるものではない。ならばいっそのこと、今日を最後の命であってほしい、と貴子は詠う。赤染歌は明らかに貴子の作の影響下になったものだが、いずれにしても、王朝時代を生きた女性たちにとって、ことほどさように、男の誓言など信用するに足りないものだったのである。

先年、その劇的な生涯が映画化されて話題を呼んだエディット・ピアフだが、そのピアフの代表歌ともいうべき「バラ色の人生」には、確か「幸せすぎて死にそうよ」というフレーズがあったと記憶する。ピアフの「幸せすぎて死ぬ」のか、赤染の「幸せだから死にたい」というのかは、一見似ているようでいて、その実百歩の隔たりがあろう。

その仲が恋人同士であっても、天下晴れての夫婦であっても、男が通って来なくなれば、それまでのこと。王朝時代の女性は、対男性関係において、いかにも不安定な立場に置かれていたのである。

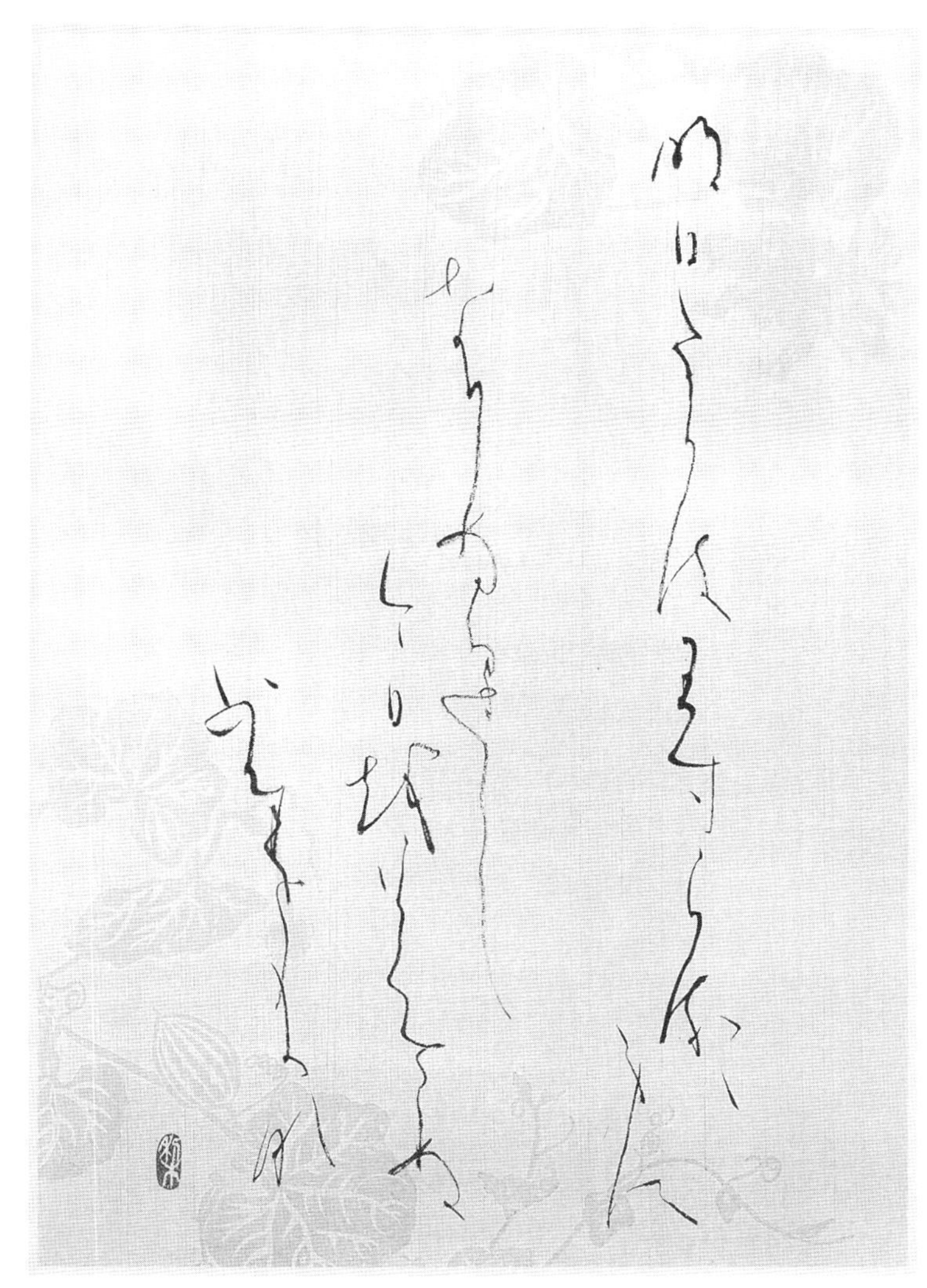

（33.5×24.5）

明日ならばわすらるゝ／身に／なりぬべし／今日をすぐさぬ／いのちともがな

奈王流邊越須遅可那

二三　みるめこそ近江の海にかたからめ吹きだにかよへ志賀の浦風（伊勢大輔）

二句目の「近江の海」とは琵琶湖のこと。平安京に近いだけあって、王朝歌人には馴染みの歌枕であった。その音「あふみ」から、歌ではしばしば「逢ふ身」に掛けて使われるものの、一方、淡水湖ゆえに海草の「海松布」（「見る目」と掛けて使われる）がないとも詠われる。

掲出歌は、夫である高階成順が、石山寺に籠ったままいっこうに手紙をくれようともしないのに、しびれを切らした伊勢大輔が成順に宛てて送ったもの。平安時代、観音信仰で知られた石山寺は、琵琶湖のほとりに立つ名刹ゆえに、その縁から、ここでは歌枕「近江の海」が使われることになった。琵琶湖では海松布を採るのがむずかしいように、直接お会い下さるのは無理でしょうが、というのが上句の大意。それに対して下句は、志賀の浦風が都に通ってくるように、せめてお手紙なりとも下さいな、と懇願して詠い終わる。結句の「志賀の浦風」が、成順を指して詠われた擬人法たること、論を待たない。

この歌、『後拾遺集』の恋の部に載るが、同じ『後拾遺集』には、「涙こそ近江の海となりにけれ海松布なしてふながめせしまに　相模」という歌もある。こちらの方は、お会いできないというので、もの思いにふけっていた間に、私の涙がつもりつもって、とうとう琵琶湖の水となってしまったよ、というもの。

王朝和歌では、長い歴史を経るままに、歌に詠んでいい素材といけない素材、歌に使ってよい言葉とそうでない言葉、といった具合に、歌材も歌語も次第に限定されるようになっていった。その結果、措辞や発想の似た歌が至る所で見られることになったが、これを逆にいえば、類似した歌の表現上のわずかな差異を読みわけるところにこそ、王朝和歌の楽しみがあるといえよう。

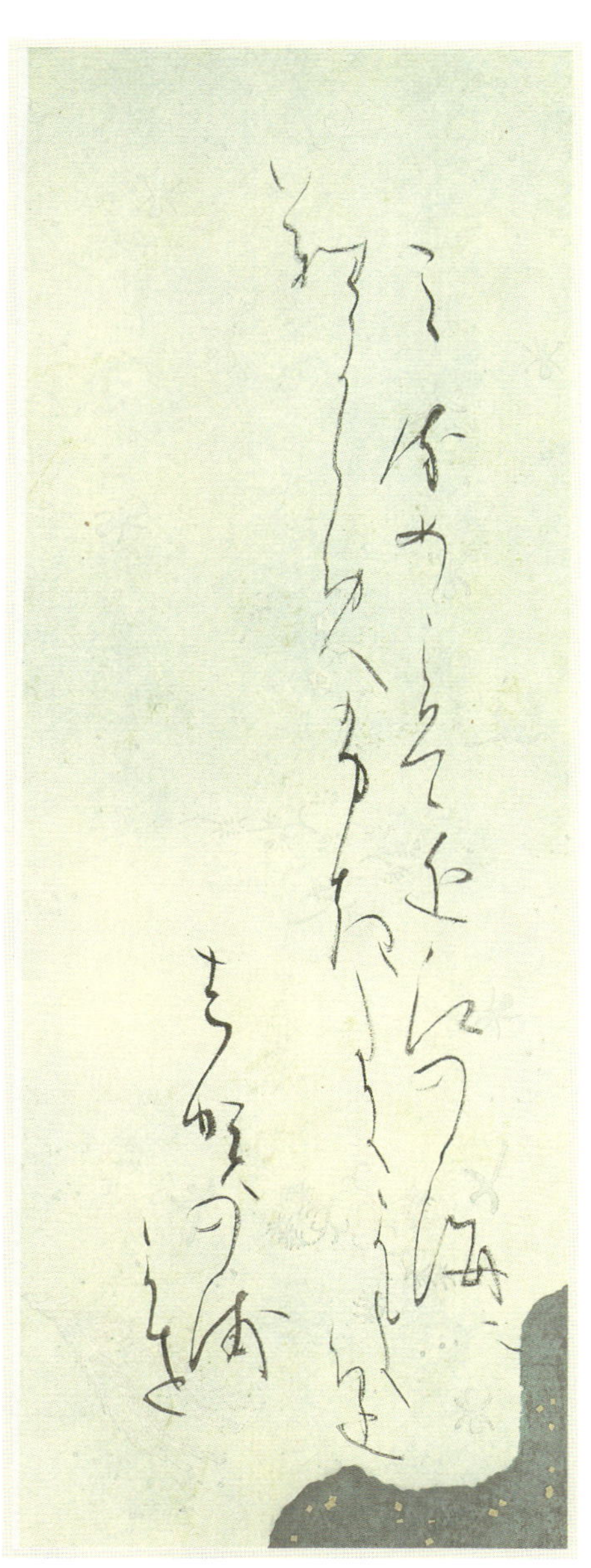

（33.5×12）

みる[三流]めこそ近江の海に[二]／難[（かた）可]からめ[免]ふ[布]き[起]だ[多]に[尓]か[可]よへ[邊]／志賀の浦／かぜ[可世]

二四　黒髪の乱れも知らずうちふせばまづかきやりし人ぞこひしき（和泉式部）

「髪のみだれに手をやれば　紅い蹴出が風に舞う」で始まる美空ひばりの「みだれ髪」は、昭和歌謡を代表する名曲といってよいもの。星野哲郎の詞といい、船村徹の曲といい、これぞまさしくプロの技と思わせる仕上がりで、その上骨身を削るようにして唄ったひばりの声がいやが上にも哀れを催し、聴くたびに熱いものがこみ上げてくるのを禁じえない。

「みだれ髪」といえば、文学ファンにとってまず思い出されるのが、与謝野晶子の『みだれ髪』であろう。「その子二十櫛にながるる黒髪の」とか「黒髪の千すじの髪のみだれ髪」とか、ここでは黒髪ないしはみだれ髪が、若き女の奔放な情熱の象徴として繰り返し詠われているが、歌に詠われた黒髪といえば、さらに王朝和歌にもその例を求めずにはいられまい。

掲出歌は、一夜を共にした男が朝になって帰っていった後の、ひとり床に残された女の心境を詠んだもの。髪の乱れは昨晩男が愛撫したせいだ。その男が去り空虚な想いに捕らわれている女は、おのが髪の乱れもかまわず臥せったまま、起き上がろうという気にもなれない。そんな時、女の心に浮かぶのは、まず何をおいてもやさしく髪を愛撫してくれた男のことだった。

平安時代、長くて美しい髪は美人の一大条件とされており、王朝女性の髪にまつわる逸話は枚挙にいとまもないほどだ。そんな女性たちにとって、髪の乱れは心の乱れ。男との関係を思い悩む女性たちの歌に、しばしば黒髪が詠われるのも、ゆえなしとしない。『百人一首』でも知られる待賢門院堀河の「長からむ心も知らず黒髪の乱れてけさはものこそ思へ」も同断。上句は、先に引いた高階貴子の「忘れじの行末まではかたければ」という心に同じ。そして下句は、黒髪が乱れているように、私の心も思い乱れている、というもので、この場合、髪はまさに詠者の心の風景となりえているのである。

黒か(可)み(身)の乱れもしらず／うち(遅)ふ(不)せ(世)ばま(万)づ(都)か(可)き(支)／やりし／人／ぞ(曽)恋／しき

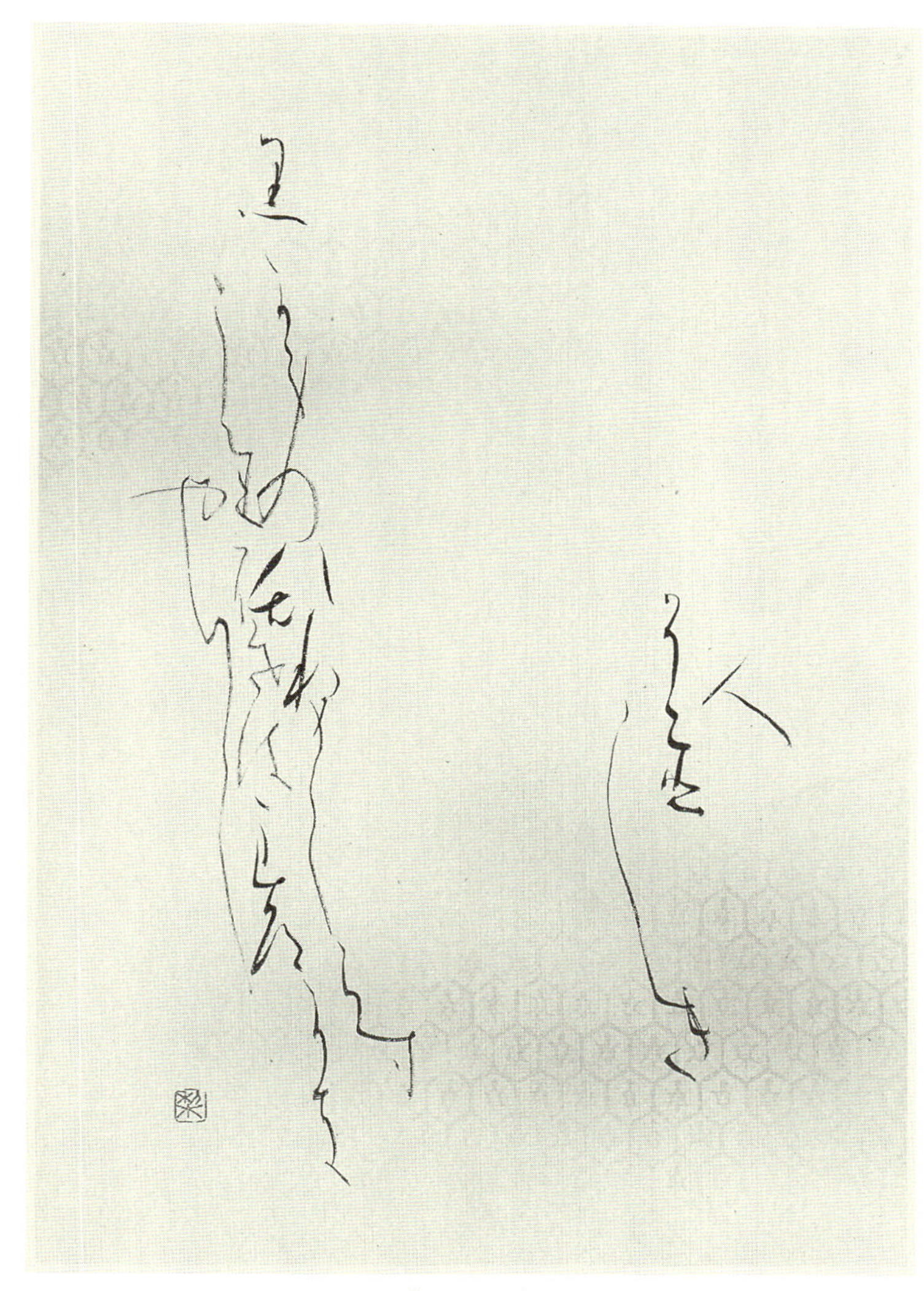

(33.5×24.5)

二五　まだ咲かぬ籬(まがき)の菊もあるものをいかなる宿にうつろひにけむ（後三条天皇）

『古今集』を始めとする平安時代の歌集をひもといてみれば、春夏秋冬、季節季節の景物を詠み込んだ自然詠と、それから恋愛をテーマとした人事詠とが、圧倒的に多いことに気づかされよう。が、そうはいうものの、実際には、この二つの領域が截然(せつぜん)と別れているのではなく、自然と人事とが融合し、渾然一体となっているところに、王朝和歌の何よりの特色があるといってよかろう。

　掲出歌も、またそうした例。まずは『後拾遺集』の詞書によって、これが詠(よ)まれた事情から説明しよう。作者の後三条天皇は、後朱雀天皇の第二皇子で、第七十一代天皇。天皇は、藤原氏による摂関政治の全盛時代、摂関家を外戚(がいせき)としなかったため、実に二十四年の長きにわたって東宮の座にあり、治暦四年（一〇六八）になって、ようやく即位したことで知られるが、この歌は、天皇がいまだ東宮にあった時代に詠まれたものである。東宮妃で後の白河天皇の母后ともなった藤原茂子が、ある時、どういう事情でか、里に下がってしまった。それを惜しんだ東宮は、翌朝になって、まだ咲いてもいない菊につけて茂子に手紙を送ったが、これはその手紙に添えられた歌だという。

　一首は、こうしてまだ咲かない垣根の菊もあるというのに、いったい、その菊はどのような宿に移ってしまったのであろうか、といったほどの意。卒然とこの歌を読めば、秋の菊をテーマとした自然詠かと受け取られかねまい。だが、すでに説明したように、これは、東宮から里へ下がった茂子への、軽い恨みの意を込めた恋歌なのである。

　結句の「うつろふ」は、先にも出てきたように、花であれば色あせるの意だが、人事では心変わりする、という意味で使われるもの。私への愛が他に移ったために、あなたは私のもとを去ったのですか、と茂子に問いただす歌となっているのである。

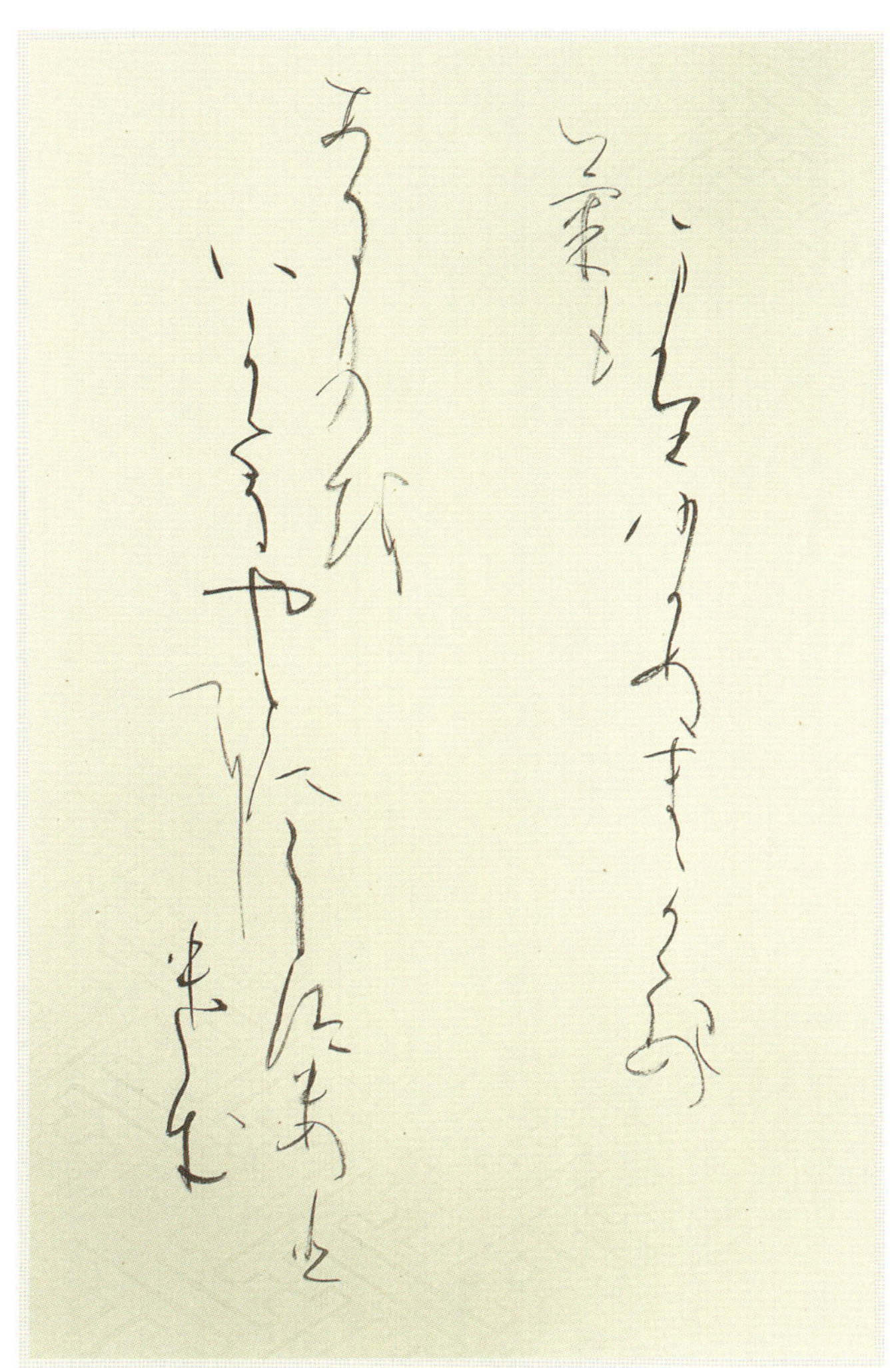

(33.5×24.5)

まださかぬまがきの／菊も／あるものを／いかなるやどにうつろひ／に／けむ

万堂沙可　可起　越　可奈　徒妻悲　耳　遣

二六　もの思へば沢の蛍もわが身よりあくがれいづる魂（たま）かとぞみる（和泉式部）

先年惜しまれつつ亡くなった阿久悠は、紛れもなく天才的な作詞家であった。尾崎紀世彦「また逢う日まで」、沢田研二「勝手にしやがれ」、八代亜紀「舟歌」など、その意表をつく詞は、他の誰にも真似できないものばかりであった。たとえば、森進一が唄った「北の蛍」（作曲は三木たかし）の「もしも私が死んだなら胸の乳房をつき破り 赤い蛍が翔（と）ぶでしょう」というフレーズに見る、女の情念が蛍となって飛ぶなど、それまでの歌謡曲の世界には、たえて見られぬ発想であった。

だが、おもしろいもので、王朝和歌には、その先蹤（せんしょう）ともいうべき例がないわけではない。掲出の歌がそれ。『後拾遺集』によれば、和泉が男に捨てられ、貴船明神に詣でた折、御手洗川（みたらしがわ）に飛びかう蛍を見て詠んだのだという。こうして思い悩んでいると、この沢辺を飛びかう蛍も、まるで私の体からさまよい出た魂かと見えることですよ、というのが一首の大意。当時、あまりにも悩みが深いと、魂が肉体からさまよい出るものといわれていた。

そんな悩める人和泉の姿を見ては、さすがの明神も感応し、次のような歌を詠んで和泉に返したという。「奥山にたぎりて落つる滝つ瀬のたま散るばかりものな思ひそ」と。「滝」とは、流れの激しい川のことで、「たま」は、水の「玉」と「魂」との懸詞。この奥山に激しく流れ落ちる川瀬の水の玉、その玉のように、魂が散るほど悩んだりなどしなさんな、とやさしく和泉を慰めてくれたわけである。

平安時代、歌がうまいというのは、紛れもなくひとつの徳であった。気の利（き）いた歌を詠（よ）んだため、ひと度離れた男の愛情が戻ってきただの、治（なお）る見込みのなかった病から回復しただの、図（はか）らずも上司のお褒（ほ）めに預（あず）かっただの、数えきれないほどの歌徳説話が今に伝わっている。

和泉しきぶ／もの^[毛]おもへ^[邊]ば^[八]さ^[沙]は^[者]のほ^[多]たるもわ^[王]が^[可]／身より／あくが^[可]れ^[連]いづ^[徒]る／た^[多]まかとぞ^[曽]み^[三]／る^[流]

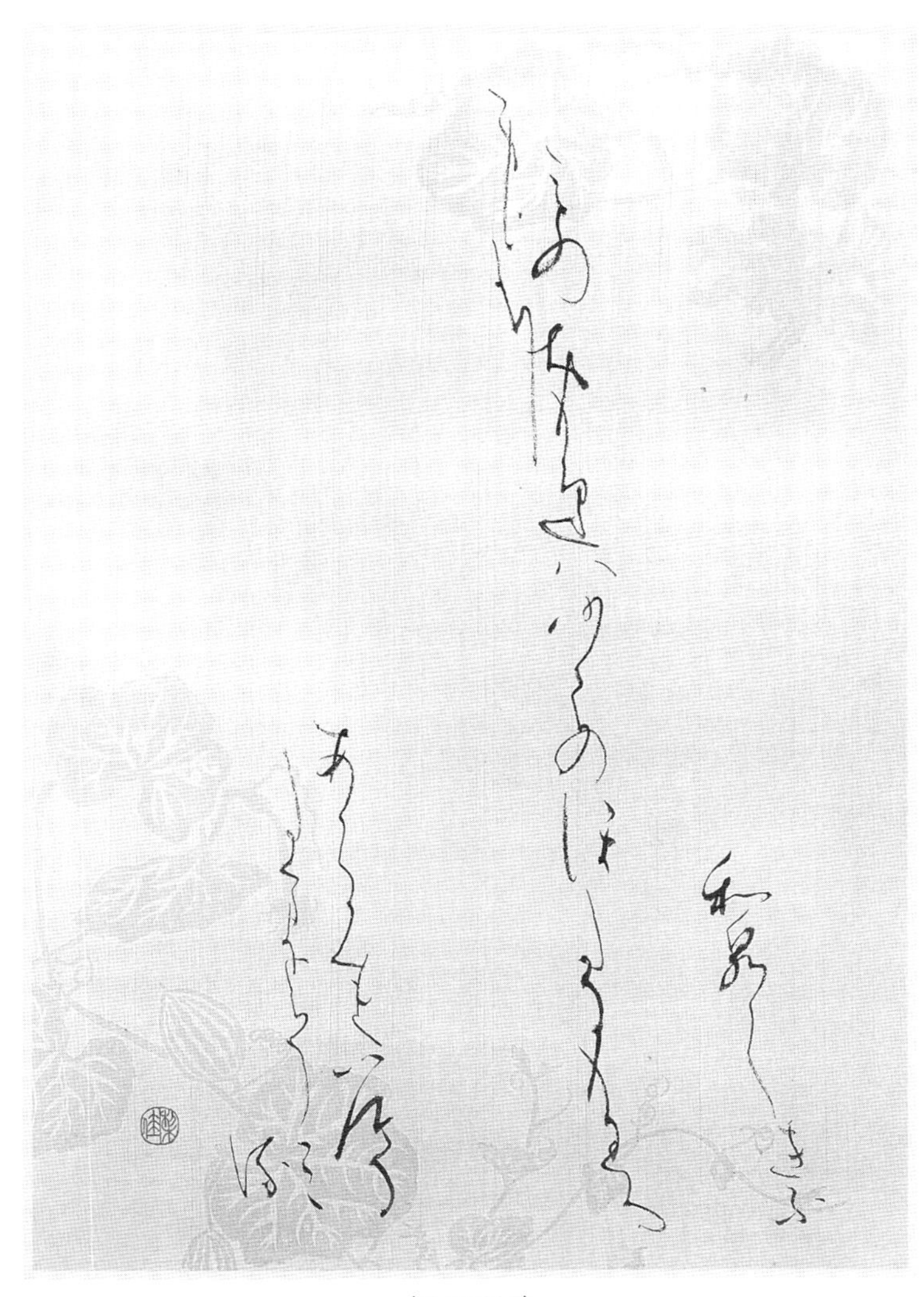

（33.5×24.5）

二七　思ひきや逢ひ見し夜半のうれしさに後のつらさのまさるべしとは（藤原実能）

平安時代になって、歌会や歌合の席で詠歌する機会が多くなると、歌人たちには自ずと与えられた題に沿ってその心を巧みに詠みこなす才が求められるようになってくるが、また、それと同時に、肝腎の題そのものも、たとえば、恋の歌であれば、「初恋」や「忍恋」などといったような、比較的単純なものから、「午臥無実恋」とか「馴不逢恋」のように、次第に複雑なものが登場するようになってきた。

さて、掲出歌であるが、『金葉集』によれば、「遇不遇恋」の心を詠んだ歌とある。この「遇不遇恋」とは、男女がひと度逢っていながら、その後、逢わなくなってしまった恋、といったほどの意である。

『百人一首』の「逢ひ見ての後の心に比ぶれば昔はものを思はざりけり　藤原敦忠」の詠でも知られるように、女性がめったに外を出歩くこともなかった平安時代にあっては、「逢ふ」とか「見る」というのは、男と女が決定的な仲になることをいうが、この歌の場合も、その例外ではない。

かつて二人が契りを交わした夜半のうれしさ、そのうれしさのさなかにあって、思ってもみただろうか、というのが上句の意。だが、季節がうつろうように、人の心もまた変わりやすいもの。下句は、ひと度逢えなくなると、今度は打って変わって、相手の仕打ちもひどさを増すばかり、と絶望的な嘆きの中で、一首は詠いおさめられる。苦労してようやく手に入れた恋であったがゆえに、別れた後のつらさには想像を絶するものがあろう。

このように、複雑微妙な心中を詠んだ恋の歌というものが、自らの体験からではなく、題詠によって、いいかえれば、歌人の自由な想像力によって、詠み出されていたところに、王朝和歌のおもしろさがあるといえよう。

おもひ（飛）き（支）や／逢（あひ）み（三）し／夜半の／う（宇）れ（連）し さ（沙）に（二）の（濃）ち（遅）の つ（徒）／らさのま（万）さるべ（邊）し／と（登）は（盤）

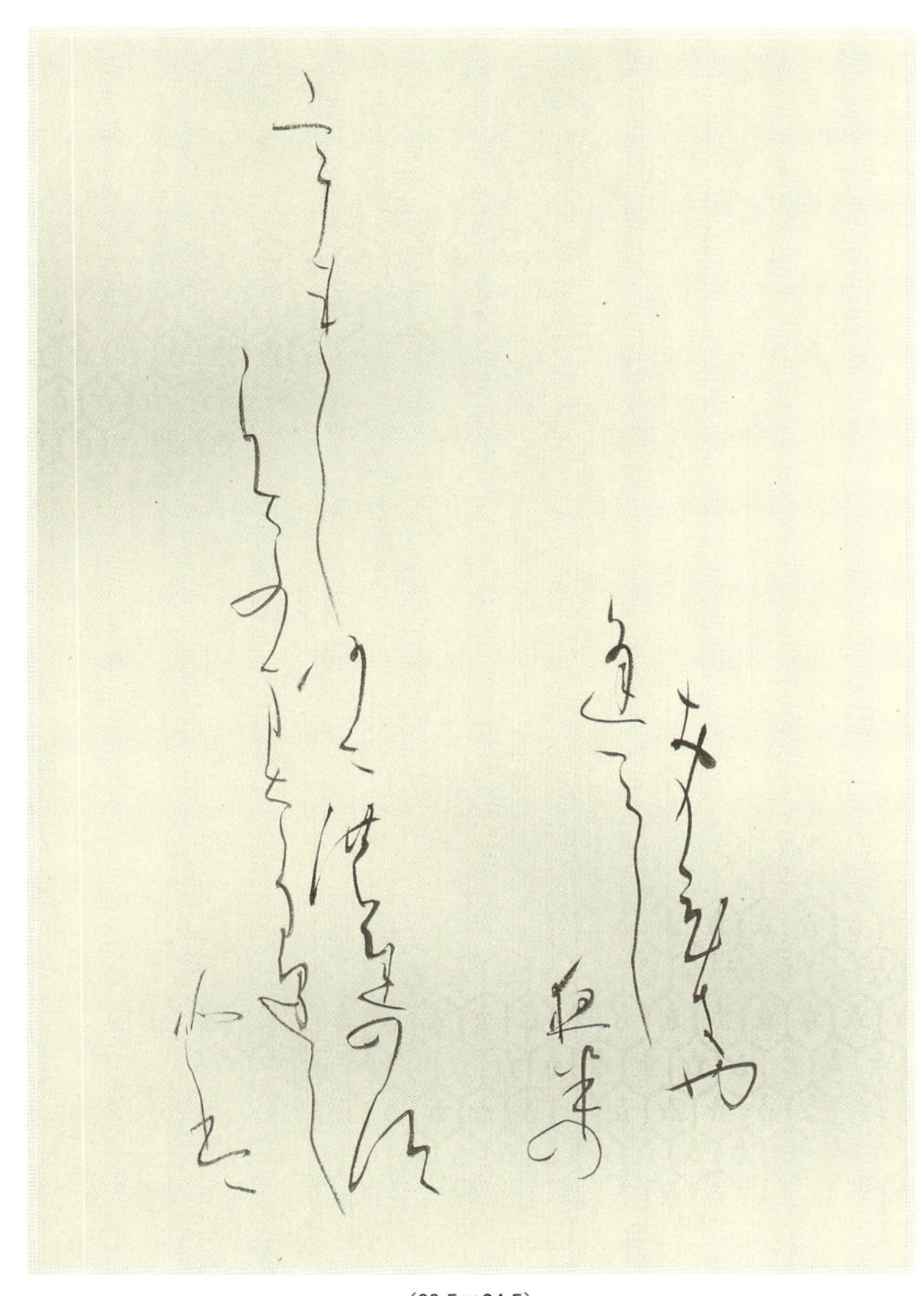

（33.5×24.5）

二八　あさましやこは何事のさまぞとよ恋ひせよとても生まれざりけり（源俊頼）

情熱的な恋の歌で知られる和泉式部の作に、「あさましや剣の枝のたわむまでこは何のみのなれるなるらむ」という詠がある。これは地獄絵の一場面、剣の枝に人が貫かれている所を見て詠んだもの。一首は、ああ、あきれたことだ、剣の枝がたわむほどに、いったいどんな罪を作った人が、こんなありさまになりはてるのか、といったほどの意であろうか。

　この和泉式部の歌の決定的な影響歌のもとになったのが掲出の俊頼の歌。ただし、こちらはわりなき恋に悩み苦しむ男の境地を詠んだもの。「恋をしましょう恋をして 浮いた浮いたで 暮らしましょ」とは、畠山みどりのヒット曲「恋は神代の昔から」（作詞星野哲郎・作曲市川昭介）の出だしの文句だが、いくらこのように囃し立てられたからといって、ハイ、そうですか、とうかうか乗るわけにはゆくまい。なぜなら、人は必ずしも幸せな恋をするとは限らず、それどころか、わが身をいたずらにしてしまう恋も、また少なくないからである。

　たとえば、『源氏物語』の柏木。朱雀院による女三宮の婿選びの噂を聞きつけた彼は、心中ひそかに期するところもあったが、紆余曲折を経て、結局女三宮は光源氏のものに。それでも諦めきれない柏木は、あろうことか女三宮と不義密通事件まで引き起こし、周りから将来を嘱望されたこの男も、とうとう一生を棒にふることになってしまったのである。

　さて、話を掲出歌に戻せば、上句の「あさましやこは何事のさまぞとよ」は、いったいどうなってしまったのかこの俺は、と自己への懐疑を吐露し、下句の「恋せよとても生まれざりけり」は、恋をしろといってこの世に生まれてきたわけではなかったのに、と暗くて重い述懐もって結ぶ。「自ら戒めて、恐るべく、慎むべき」は恋の道、とは吉田兼好の言葉だが、はたして読者諸賢の考えやいかに。

(33.5×24.5)

恋／うた(多)人々／よみける(希流)に(尓)／よめる(免流)／としよりの／朝臣

あさま(沙万)しやこは(許盤)何ごとのさま(万)ぞ／とよ／こひせ(悲世)よとて(登傳)もう(宇)まれ(連)ざり(里)／けり(介李)

二九　風をいたみ岩うつ波のおのれのみ砕けてものを思ふころかな（源重之）

『百人一首』でも知られる名歌である。初・二句「風をいたみ岩うつ波の」は、風が激しいので岩にぶつかり砕け散る波のように、の意。ここまでは一見詠者の心の内とは何の関係もない、外界の景色を叙したかのように思われがちだが、例によって、第三句以下において恋の心が展開される。私ひとりだけが心砕けてもの思いをすることだよ、と。この場合、「岩」は口説けどもなびかぬつれない女を、「波」は慕えどもかなわぬ恋に悩む男を、それぞれ表わしているとみてよかろう。

この歌、紛れもなく作者源重之の創造になるものだが、その重之と同時代の歌人である曾禰（そね）好忠の作に、「山がつのはてに刈りほす麦の穂の砕けてものを思ふころかな」という作があることを思えば、どうやら後半部分の「砕けてものを思ふころかな」という措辞（そじ）は、何も重之ひとりのものではなく、当時多くの歌人たちによって共有された一種の類型表現であったとみるのが妥当なようだ。

それが証拠に、平安時代爆発的に流行した歌謡集の『梁塵秘抄』に、「山伏の腰に着けたる法螺貝（ほらがい）の　ちやうと落ちていと割れ　砕けてものを思ふころかな」という曲がある。重之や好忠の歌同様に、前半部分が詠者の心の比喩となっているわけだが、こちらはさすが俗謡、優美なることをもって特長となす和歌には、めったにお目にかかることもない「山伏の法螺貝」が登場する。しかも、それが「ちやうと」落ち、「ていと」割れるなど、これまた和歌にはあまり見られない擬態語が使われているのも興味深いことだ。

このように、王朝和歌にあっては、類型表現はけっして珍しいものではなかったし、またそれが見られるからといって、作品の価値を下げることにもけっしてならなかったのである。

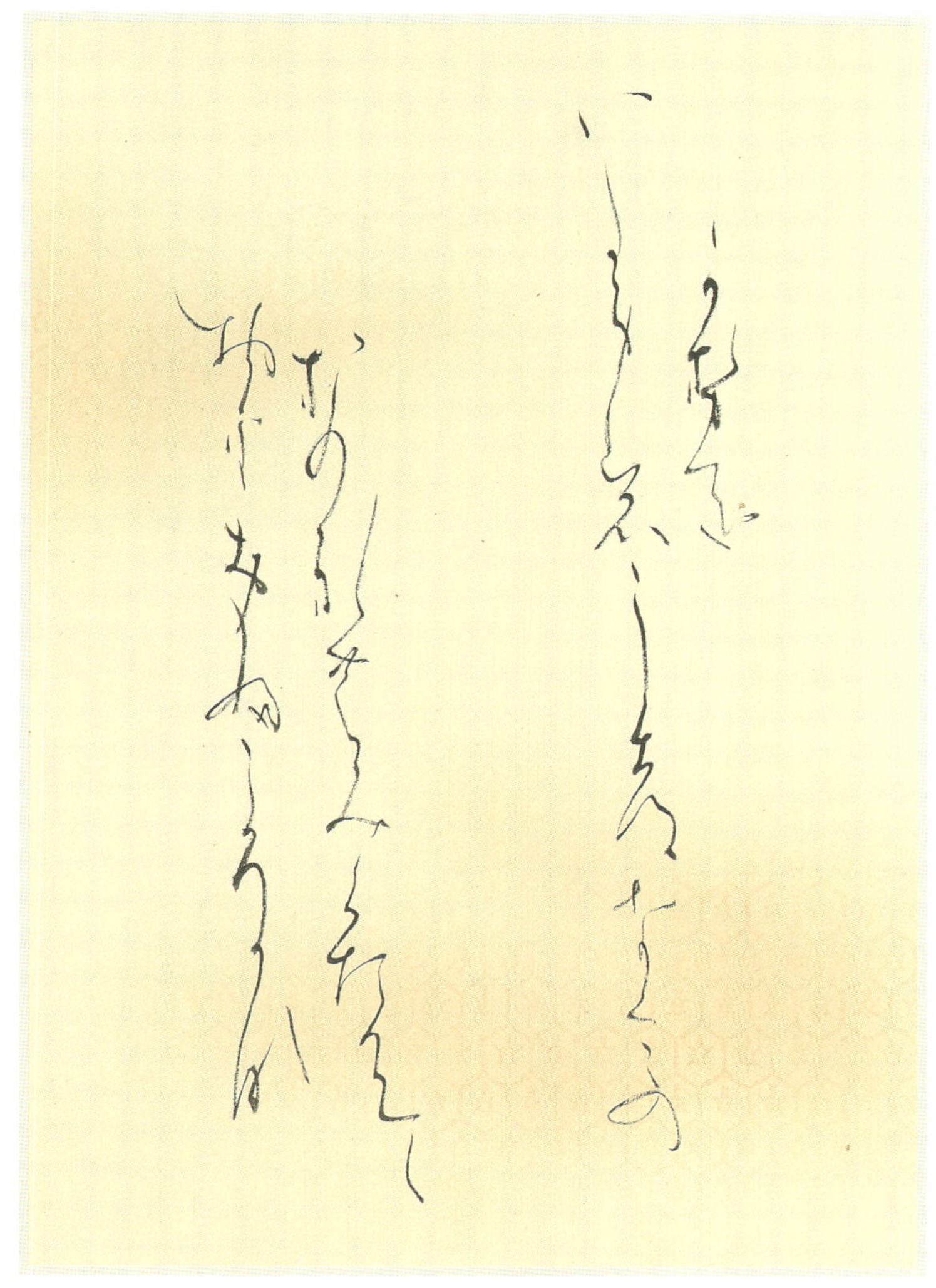

（33.5×24.5）

かぜを／いたみ岩うつなみの／おのれのみくだけて／物をおもふころかな

可勢 多身 都三 於礼農 介 (もの)乎 婦 可那

三〇　うれしきはいかばかりかは思ふらむ憂きは身にしむものにぞありける（藤原道信）

「いみじき和歌の上手」と時の人に称えられながらも、わずか二十三歳の若さで夭折した藤原道信の歌である。この歌、『詞花集』には「題しらず」として載るが、歴史物語の『大鏡』には、以下のような詠作事情が語られている。藤原氏の陰謀によって、在位わずか二年にして花山院が出家を遂げると、その女御であった婉子女王（為平親王の娘）のもとには、藤原実資と藤原道信の二人からしきりに恋文が寄せられた。が、結局婉子は実資のものとなり、恋の勝負に破れた道信は、泣く泣くこの歌を詠んで、婉子に送ったという。

　上句は、愛する人と結ばれた、そのうれしさはいかばかりでありましょうか、と相手の女性にうらめしげに問いかけたもの。一方、それに対して下句は、あなたに振られた私のつらさといったら、それこそ身に沁みるものがありますよ、と敗者らしく思い切り嘆いてみせる。

　この道信の歌、一見したところ、何の技巧もこらさない素直な歌のようにも見えるが、さにあらず。四句目の「憂き」に、泥水の意の「うき」を掛け、しかも、その「泥水」が、同じ四句目の「しむ」の縁語ともなっているのである。

　このように、王朝時代の歌人は、自分がどんなに絶望の淵に立たせられていようとも、自己の感情を歌に託して相手に訴えるのに、必ずや何か気の利いた技巧をこらさずにはいられなかったのである。長い間アララギ流の写実的な歌風に馴れ親しんだ現代の人々には、その点がいかにもうるさく感じられようが、日常生活の中で、和歌がしばしば洒落た会話の役割を果たしていた平安時代においては、無技巧であることは、けっしてほめられたことではなく、むしろ無粋なこととして敬遠されたのである。

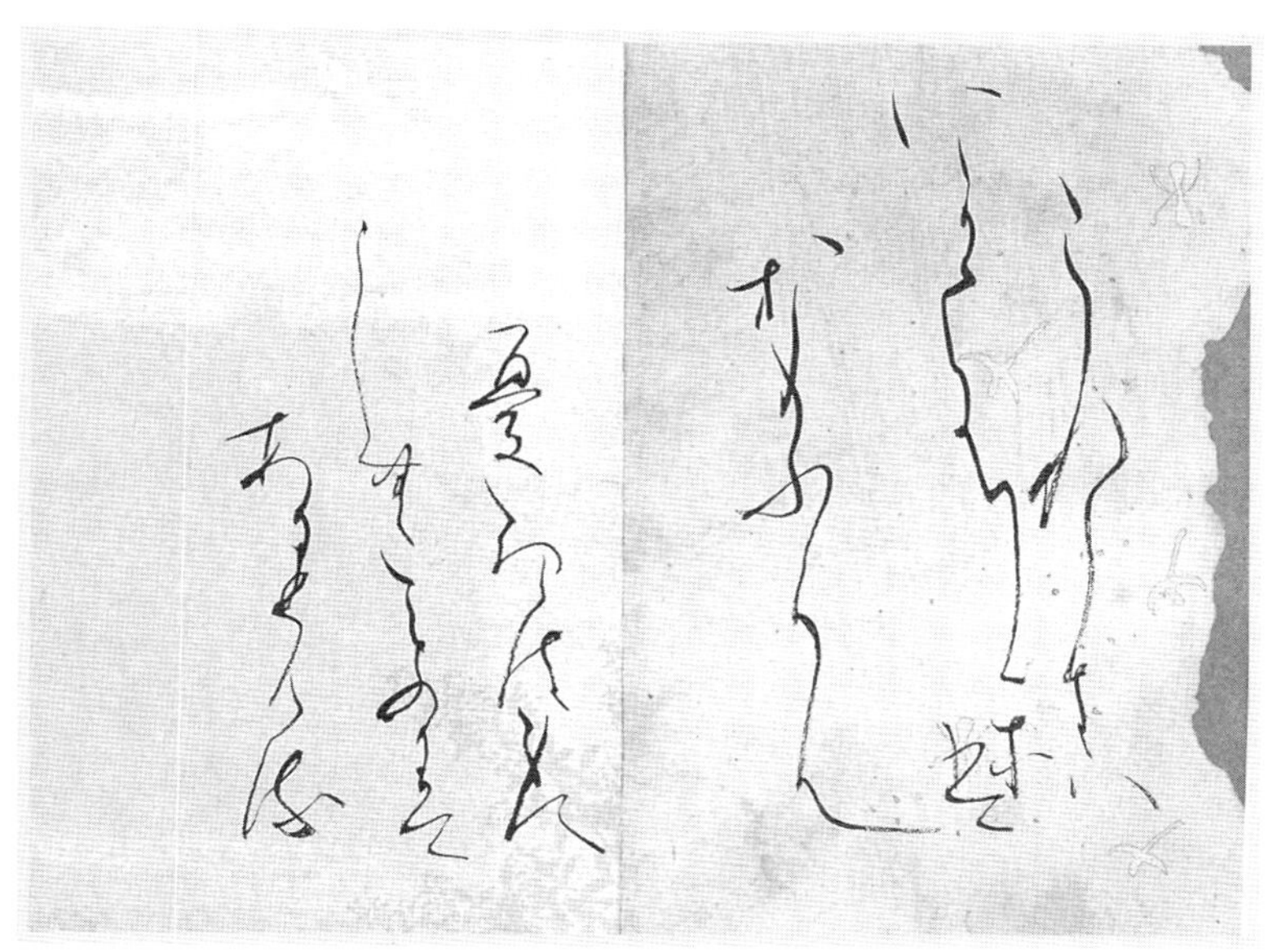

（10.2×22.5）

うれしき（支）は（八）
いか（可）ば（者）か（可）りか（閑）は（盤）
お（於）もふらん

憂き（起）は身に
しむ（無）も（毛）のに（尓）ぞ
あり（里）け（介）る（流）

三一　瀬をはやみ岩にせかるる滝川のわれても末に逢はむとぞ思ふ（崇徳天皇）

この歌の作者崇徳院は、系図の上では鳥羽天皇の第一皇子となってはいるものの、実際は曾祖父白河院と待賢門院璋子との間に生まれた子であった。それがために父帝から忌み嫌われ、五歳で即位するものの、二十代の若さで無理やり近衛天皇に譲位させられるなどの憂き目に遭い、これが後に保元の乱を引き起こす原因ともなったのである。乱に破れた院は、讃岐の地に流されたまま終生都へ帰ることを許されなかったが、わが恨みで必ずや日本国を争乱の巷に陥れてやると、悲憤の内に崩御。この院の怨霊がやがては源平の合戦を引き起こすなど、当時の人々をおおいに恐れおののかしたという。

さて掲出歌だが、上句は、早瀬を流れる水が岩にぶつかり、一瞬せきとめられる様を叙し、下句ではそれが一転して、たとえ二人の仲は裂かれようとも、最後には必ず逢わずにはおくまい、と恋する者の固い決意を述べて詠いおさめる。激情の主崇徳院にはいかにもふさわしく、情熱的な恋の歌となっているが、実はこの作、院の恋愛体験から生まれたのではなく、例によって題詠による歌だというから、注意を要しよう。

『詞花集』に「題しらず」として収められたこの歌、もとは久安六年（一一五〇）に、時の歌人十四人があらかじめ決められた題に従って、それぞれ百首の歌を詠んだ『久安百首』の中のもの。そこでは初句が「ゆきなやみ」、第三句が「谷川の」となっていたのを、院自身が改作して、『百人一首』でもお馴染みの現在のような形になったという。愛する者への溢れんばかりの想いという点では、なるほど現行の形に軍配を挙げざるをえまい。王朝和歌では、優れた歌であればあるほど、同じ歌がさまざまな歌集に採録されるものだが、このように作者の推敲の跡までうかがうことができるのは、まことに興味深いことといえよう。

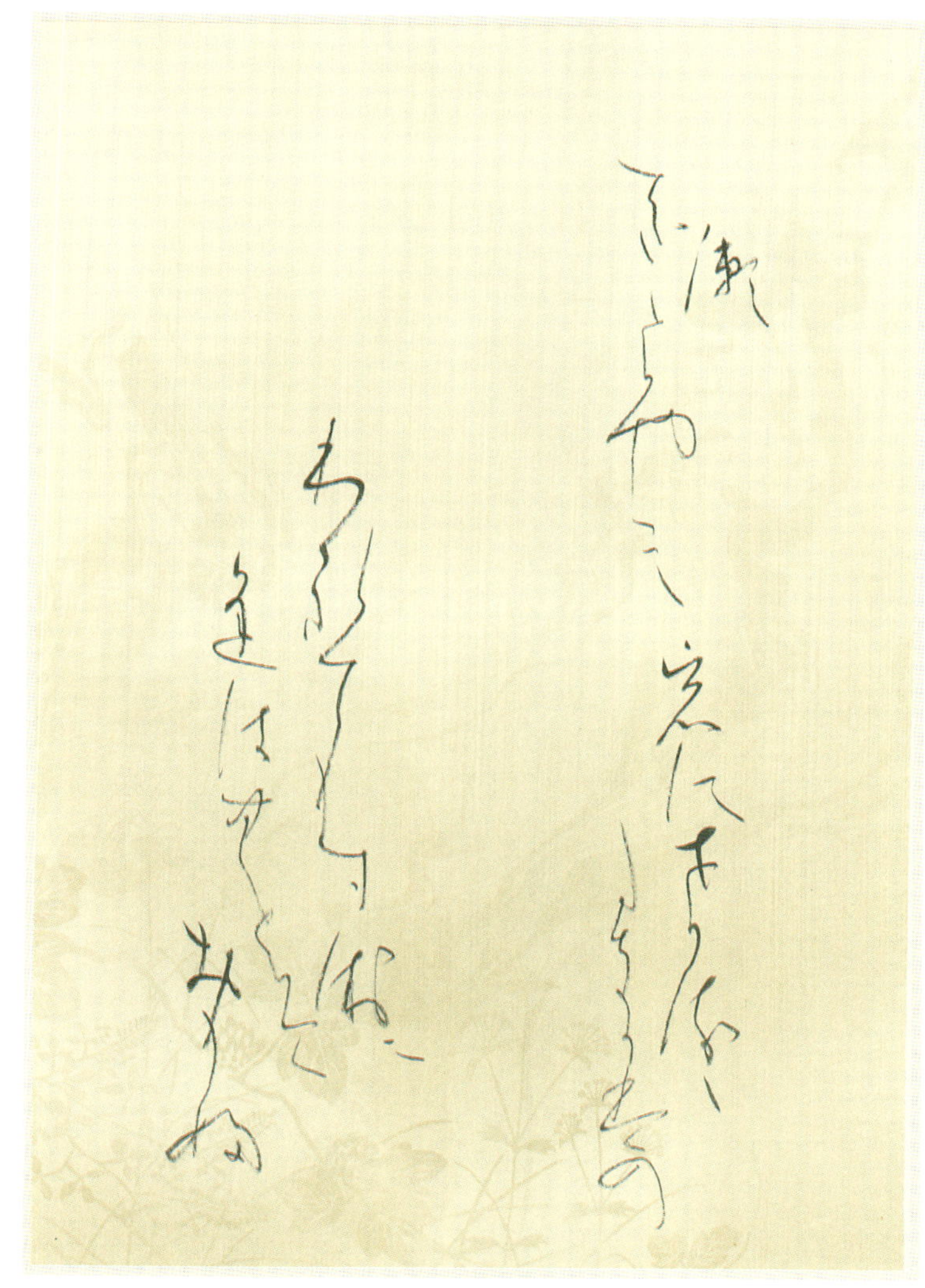

（33.5×24.5）

瀬／をは(者)やみ(三)岩にせ(世)か(可)る(流)ゝ／た(多)き(支)か(可)は(盤)の／われ(礼)てもすゑ(衛)に(二)／逢はむ(無)とぞ／おもふ(婦)

三二　かねてより思ひしことぞふし柴のこるばかりなる嘆きせむとは（待賢門院加賀）

第三句の「ふし柴」とは、柴の異名のことだが、柴は「樵る」ところから、「ふし柴の」が「樵る」という語を導き出す序の働きをするとともに、またこの「樵る」が「懲る」との懸詞ともなっている。初・二句は、以前から何となく思っていたことですよ、の意だが、下句は、懲り懲りするほどの嘆きをすることになろうとは、というので、これは全体が倒置法によって組み立てられている歌なのである。

ところで、掲出歌については、以下のようなおもしろい話が伝わっている。平安時代も末期のこと、鳥羽天皇の中宮である待賢門院のもとに加賀という女房がいた。熱心な歌詠みで、ある時ふと掲出のごとき失恋の歌を詠み出したが、どうせなら、しかるべき人と恋仲になり、その人に捨てられた折にでも詠んだことにしようというので、早速に花園左大臣源有仁とねんごろになり、予定どおり振られた上で、有仁にこの歌を送ったところ、それが評判を呼んで、見事『千載集』に採られたという。『十訓抄』という中世の説話書が語り伝える話である。

いかにも王朝貴族の好みそうな和歌説話であるが、当時の人々は、こうした性癖の主を数寄者といって尊んだ。その代表的人物が、奥州に出かけずして自分の邸の庭で日焼けをし、いかにも奥州で詠みましたとばかりに自詠歌を披露したという、あの能因法師ということになろうが、その能因は、常々傍らの人々に向って「数寄たまへ。数寄ぬれば秀歌は詠む」と語っていたという。

長い人類の歴史の中で、人生よりも芸術的価値を上位に置く、いわゆる芸術至上主義者は少なからずいたであろうが、この能因や加賀のごときその徹底した実践者というのも、また珍しかろう。思えば、この数寄の精神こそ数々の名歌を生み出す原動力ともなったのである。

（31.5×12.5）

かねてよりおもひしことぞ／ふし柴のこるばかりなる／嘆きせんとは

可　里於日所　流者可利奈累　起世盤

三三　見せばやな雄島の海人の袖だにも濡れにぞ濡れし色は変はらず（殷富門院大輔）

『隆達節』に「見せばや君に知らせばや　心の内と袖の色を」という作がある。前半部は、まことつれないあなたに、見せてやりたい、知らせたい、というものだが、では、いったい何を見せたい、知らせたいというのか。その答えが後半部で、「心の内」は分かるのだが、「袖の色」とは、どういう意味か。それを解いてみせてくれるのが、この『隆達節』の典拠となった掲出歌である。

　大輔の歌の二句目「雄島」は陸奥の歌枕で、松島湾に浮かぶ小さな島のこと。そこで働く漁夫は、当然のことながら乾く暇もないほどに袖が波で濡れるわけだが、それでも袖の色が変わるほどではない、と詠者はいい放つ。いい換えれば、私の袖は泣きの涙ですっかり色が変わってしまったよ、と嘆いているのにほかなるまい。

　そもそも、涙で袖の色が変わるとは、いったいどういうことか。中国には昔から「紅涙」という言葉がある。悲しみや憤りが深い時に人が流す涙のことである。また「血涙」という言葉もあって、これは和歌にも詠われたりする。たとえば、素性法師が知人を亡くした時に詠んだ哀悼歌に「血の涙落ちてぞたぎつ白河は君が世までの名にこそありけれ」とあるなど、その例だ。したがって、掲出歌の場合、波に濡れるのが習いとなっている雄島の漁夫でも、袖の色は変わらないのに、私の袖ときたら、紅涙を流してすっかり色が変わってしまったことですよ、と非情な男に訴えている歌ということになろう。

　何も恋の歌に限らず、生硬であからさまな表現を嫌うのは、王朝貴族の常である。それがために、この歌の場合、都から遥か離れた雄島の海人の袖を引き合いに出し、もって自分の袖が今どんな状態にあるかを、相手の男に分からせようとしたわけである。

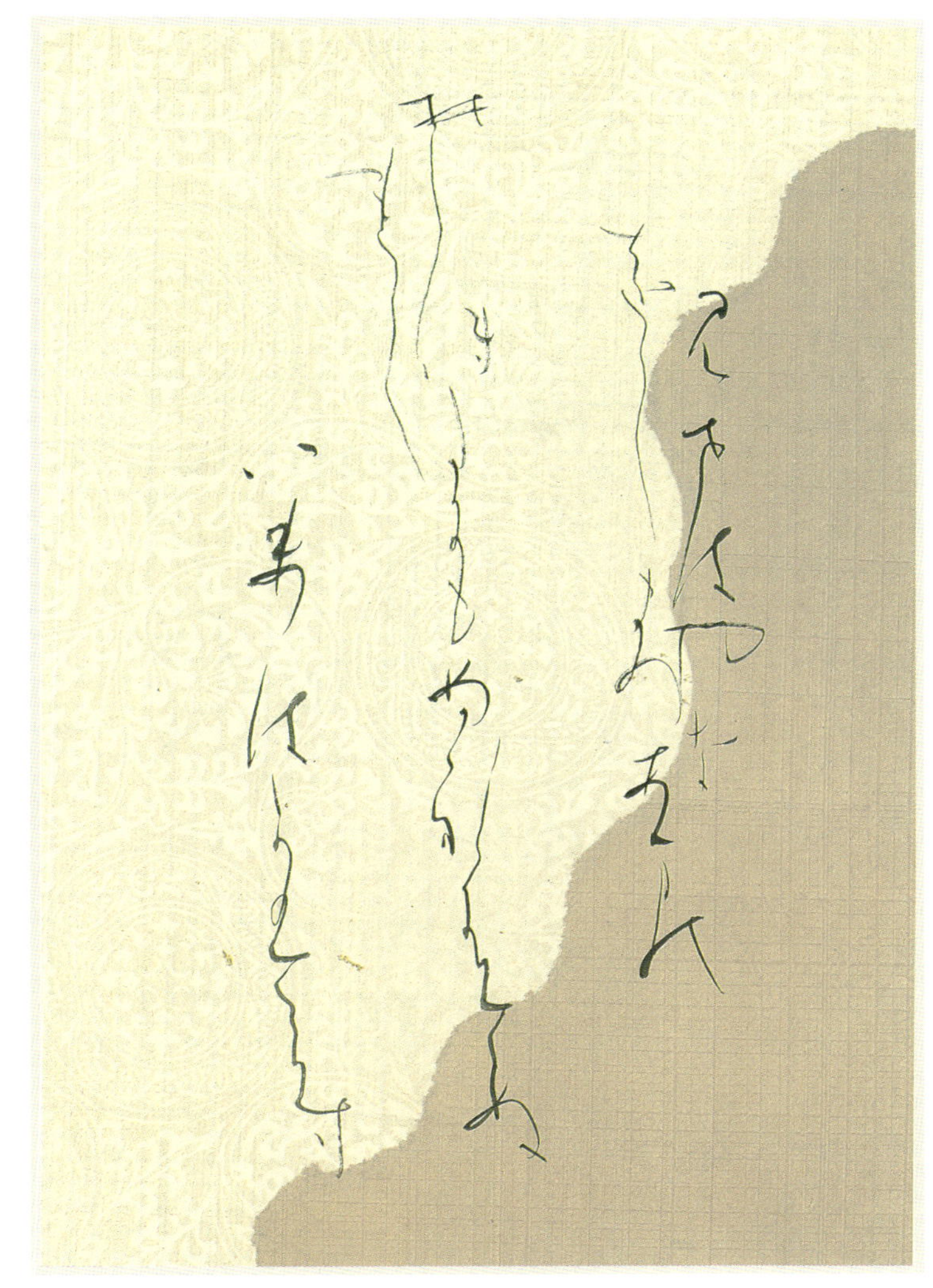

（33.5×24.5）

見せ(世)ばやな／を(遠)じまのあまの(万能)／そでだに(楚傳多尓)もぬれに(礼尓)ぞぬ／れ(連)し／いろ(婁)はか(可)は(盤)らず

三四　もの思へどもかからぬ人もあるものをあはれなりける身の契りかな（西行法師）

ジャック・ブレルにイブ・モンタン、ジョルジュ・ブラッサンスにジルベール・ベコーと戦後を代表する男性シャンソン歌手が次々と逝く中で、ひとり気を吐いているのがシャルル・アズナブールだ。そのアズナブールの数多いヒット曲の中でも、ひときわ印象深いのが「イザベル」。若くて魅力的な女性イザベルに対する狂おしいまでの恋心を唄ったもので、アズナブールの嗄れ声が妙にセクシーだと、一時女性ファンの間でも評判になったこともあるので、覚えているむきも多かろう。

　さて、掲出歌だが、初句の「もの思へども」とは、恋のために苦しいもの思いはしても、の意。王朝和歌には、さかんに「もの思ふ」という表現が出てくるが、これは十中八九恋の物思いとみて間違いはない。続く二・三句目の「かからぬ人もあるものを」は、自分のようにこんな狂おしいもの思いをしない人もいるのに、とおそらく周りの誰さん、彼さんを想い浮かべての言であろう。だが、恋とは所詮理性とは相入れないものである。知人・友人の諫言ものかは、ひと度その魅力に取りつかれたら、最後まで突っ走らずにはいられないというのが、この歌の詠者の立場であろう。

　末句の「身の契り」とは、前世からの約束事の意で、要するに、この恋を自らの意思ではいかんともしがたい宿縁とみているわけである。恋ゆえに苦しみ、恋ゆえに傷つくとも、万事は仏様のおぼしめし。だから、この恋心を到底制御などできるものではない、と諦めの心境でもある。

　ただ、この歌のおもしろいところは、そんな自分を第三者的な立場から「あはれなりける」と評している点であろう。この「あはれなり」は、まことに複雑な感情で現代語訳しにくいが、しいていえば、気の毒でもあり、いとおしくもある、とでもなろうか。

もの思へども（毛）／か（可）〻らぬ人も（裳）／あるものを／あ（阿）は（者）れな（奈）りけ（遣）る（流）身の（能）／ちぎ（起）りか（可）／な（那）

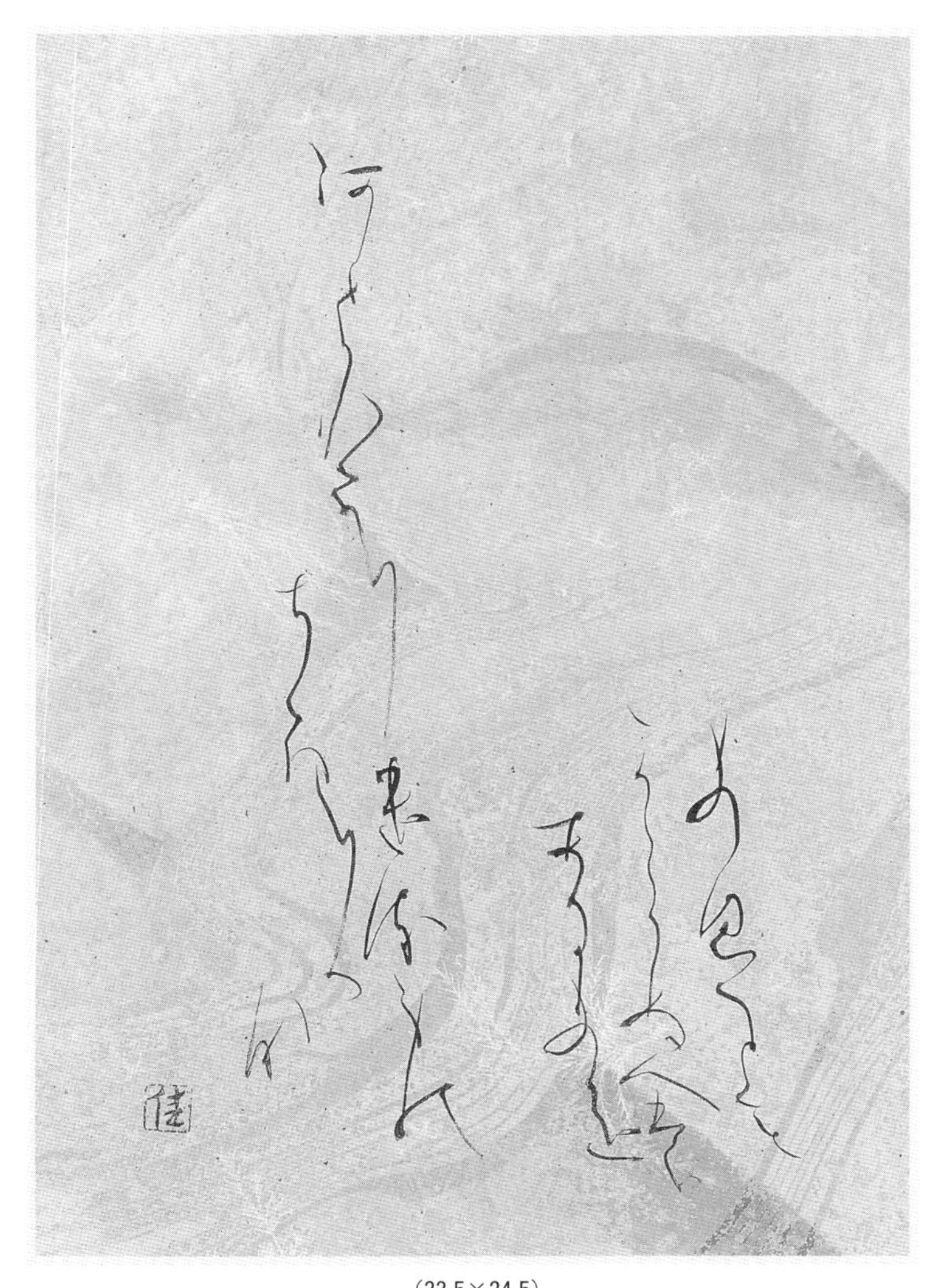

（33.5×24.5）

三五　春の夜の夢ばかりなる手枕にかひなく立たむ名こそをしけれ（周防内侍）

旧暦の二月といえば春もたけなわ。月の明るい夜に、二条院という邸に人々がつどい、世間話にうち興じていたところ、夜も更けてきたこととて、周防内侍が体を横たえ、「ああ、こんな時に枕があったら」と誰にいうともなくつぶやいた。するとどうであろう、耳ざとくも聞きつけた藤原忠家が、「どうぞこれを枕代わりに」といって、自分の腕を簾の下から差し入れたではないか。さて、こんな時、世の淑女方ならどうするか。周防内侍はさすが王朝時代の女性。掲出のごとき歌でもって答えたのである。

一首の大意は、春の夜の夢のごとくはかない、気まぐれなあなた様の腕をお借りしたばっかりに、かいのない恋の浮名が立ってしまうのが残念ですよ、とでもなろうか。その心は、遠慮申し上げますので、どうかその腕を引っ込めて下さい、ということに尽きよう。ただ、断るといっても、この場合、せっかくのご好意、無愛想なものいいは許されないので、四句目の「かひなく」のところに、腕の意を持つ「かひな」を巧みに詠みこんだのは、内侍のちょっとしたご愛敬でもあった。

さて、それでは、忠家の方はどうしたか。これですごすご引っ込んでは男がすたる、ここはもうひと押しせずばなるまいと、「契りありて春の夜ふかき手枕をいかがかひなき夢になすべき」と返事したという。ふたり結ばれるのは前世からの決まり事、春の夜ふかき手枕を何でかいのない夢に終わらせましょうか、の意である。

周防内侍は、この時すでに老女の名がいかにもふさわしいベテラン女房であった。してみれは、忠家もけっして本気で口説いていたわけではなく、手枕の語を契機に、酸いも甘いも噛み分けた大人同士が、春の夜更けに洒落た会話を楽しんでいる図とみれば、こと足りよう。最後に『山家鳥虫歌』から一曲。「一夜落つるはよも易けれど　身より大事の名がをしい」。

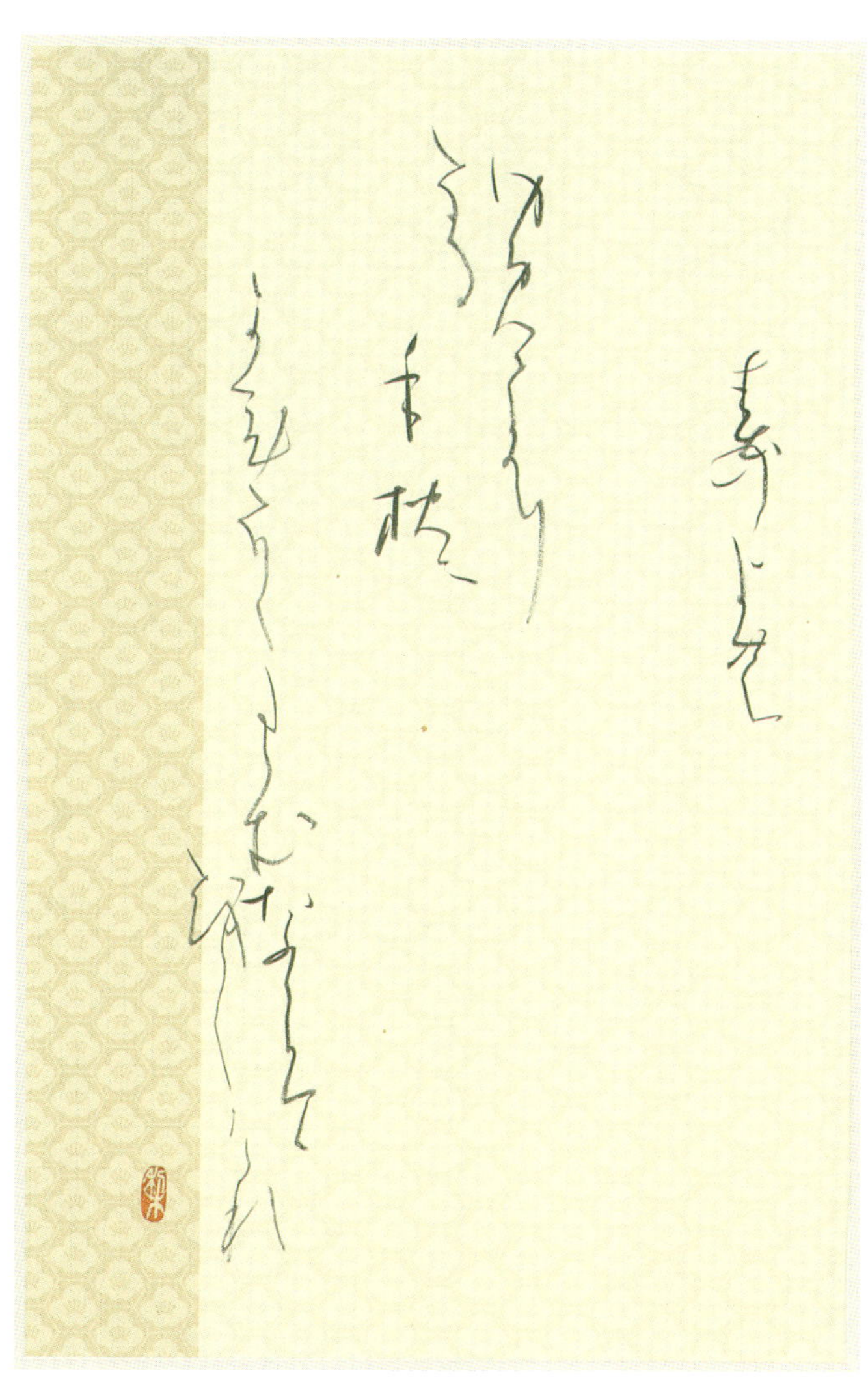

(33.5×24.5)

春のよの(農)／ゆめばか(免者可)り／な(奈)る／手枕に(二)／かひな(可飛奈)くた(多)ゝむな(奈)こそ／を(越)しけ(介)れ

三六　思ひつつ経にける年のかひやなきただあらましの夕暮れの空（後鳥羽天皇）

世に名ゼリフとか名文句といったものがある。歌謡曲の世界でいえば、「ああ　あの顔で、あの声で」（伊藤久男「暁に祈る」）や、「啼くな小鳩よ　心の妻よ」（岡晴夫「啼くな小鳩よ」）、さらには「嬉しがらせて　泣かせて消えた」（三橋美智也「おんな船頭唄」）など、その最たるものといってもよかろう。

実は、王朝和歌にもこれと似たケースがあって、それを後人が気安く歌の中で使うことは、堅く禁じられていた。当時の言葉でいえば、「制禁の詞」（または「制詞」とも）ということになる。たとえば、掲出の歌に例を取れば、四句目の「ただあらましの」という表現がそれ。そもそもこの歌は、ある歌合の「久恋」という題で詠まれたものだが、「あらまし」とは、こうもありたい、ああもしたい、とかねてから予定しておくことをいう。

上句は、あの人のことを心の中で思いながら、ただむなしく年月が過ぎ去って、まことに何のかいもないことだよ、というもの。末句の「夕暮れ」時とは、王朝人にとっては男と女が相逢う時刻である。が、この歌の詠者の場合、世間並みの恋人同士であれば楽しかるべきこの時刻も、もし逢えるなら、ああもしよう、こうもしてみたい、とただただいたずらに想像してみるばかりで、その実、相手には一顧だにされない、という絶望的な状況にあるわけだ。それも昨日、今日恋し始めたというのではない。数年越しのこれは恋なのであった。

この歌の「ただあらましの」という表現は、簡単なようでいて、そのくせ容易に口をついて出てくるものではない。それだけに創出者のオリジナリティーには敬意を払うべし、というのが王朝時代に続く中世の人々の考え方であった。思えば、これも王朝文化のひとつの継承のし方といえばいえよう。

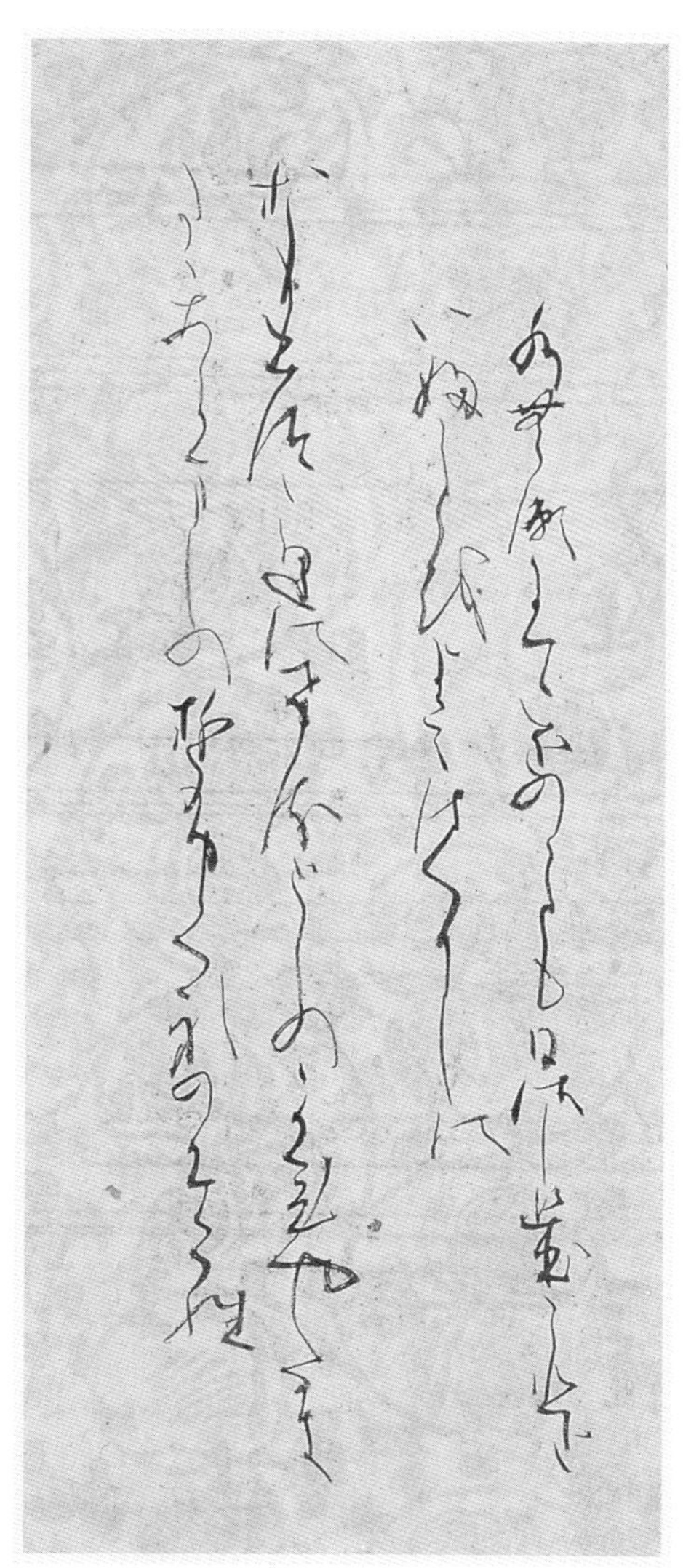

（30×9.5）

水無瀬にてをのこどもひさしきこひと／いふことをよみはべりしに

（尓　日佐幾悲　婦越三）

おもひつゝへにけるとしのかひやなき／たゞあらましのゆふぐれのそら

（於悲徒邊希流　可飛奈支多　万能遊布礼羅）

三七　忘れてはうち嘆かるる夕べかなわれのみ知りてすぐる月日を（式子内親王）

王朝和歌も、『古今集』から始まって百年、二百年と歴史を経（ふ）るにしたがい、次第にテーマも開拓され尽くし、表現も類型化して、結果、出来上がった作品は、なべて月並みで陳腐なものとならざるをえなくなってしまった。そうした状況下にあって、なんとかその弊を打開し、敷島の道に新しい地平を切り開くべく、歌人たちは様々な努力を積み重ねたが、その内のひとつが本歌取りといわれる表現技法である。

　本歌取りとは、有名な古歌の一部を自己の歌に取り入れることによって、より複雑で奥行のある歌の世界を創り上げようとするものである。一例を挙げよう。『古今集』の貫之歌に「人知れぬ思ひのみこそわびしけれわが嘆きをばわれのみぞ知る」という作がある。相手に理解もされない恋の悩みはまことにわびしいことだよ、この苦しい嘆きを知っているのは私だけ、とこれは片思いの苦しさを訴えたものだが、掲出の式子内親王の歌は、この貫之の歌を本歌とする。

式子の歌は、貫之歌の下句「わが嘆きをばわれのみぞ知る」の表現を、二句目の「うち嘆かるる」と四句目の「われのみ知りて」という部分に取り込んでいるのだが、ただそれだけのことなら、これは剽窃（ひょうせつ）というに近かろう。本歌取りというためには、歌の世界が古歌とは異なる新境地を開いていなければならぬ。その点、式子の歌は、この恋が当の相手にいまだ打ち明けてもいない忍ぶ恋であるにもかかわらず、夕暮れ時になってもやって来ない男をほんの一瞬幻視し、ついつい嘆かれてしまう、といういたって複雑な境地を詠んだもの。

　このようにして、新古今時代の歌人たちは、自詠の一部に古歌の言葉を取り込むことによって、三十一文字という小さな器にはなかなか盛り込みにくい、複雑微妙な心情をも描き出すことに成功したのである。

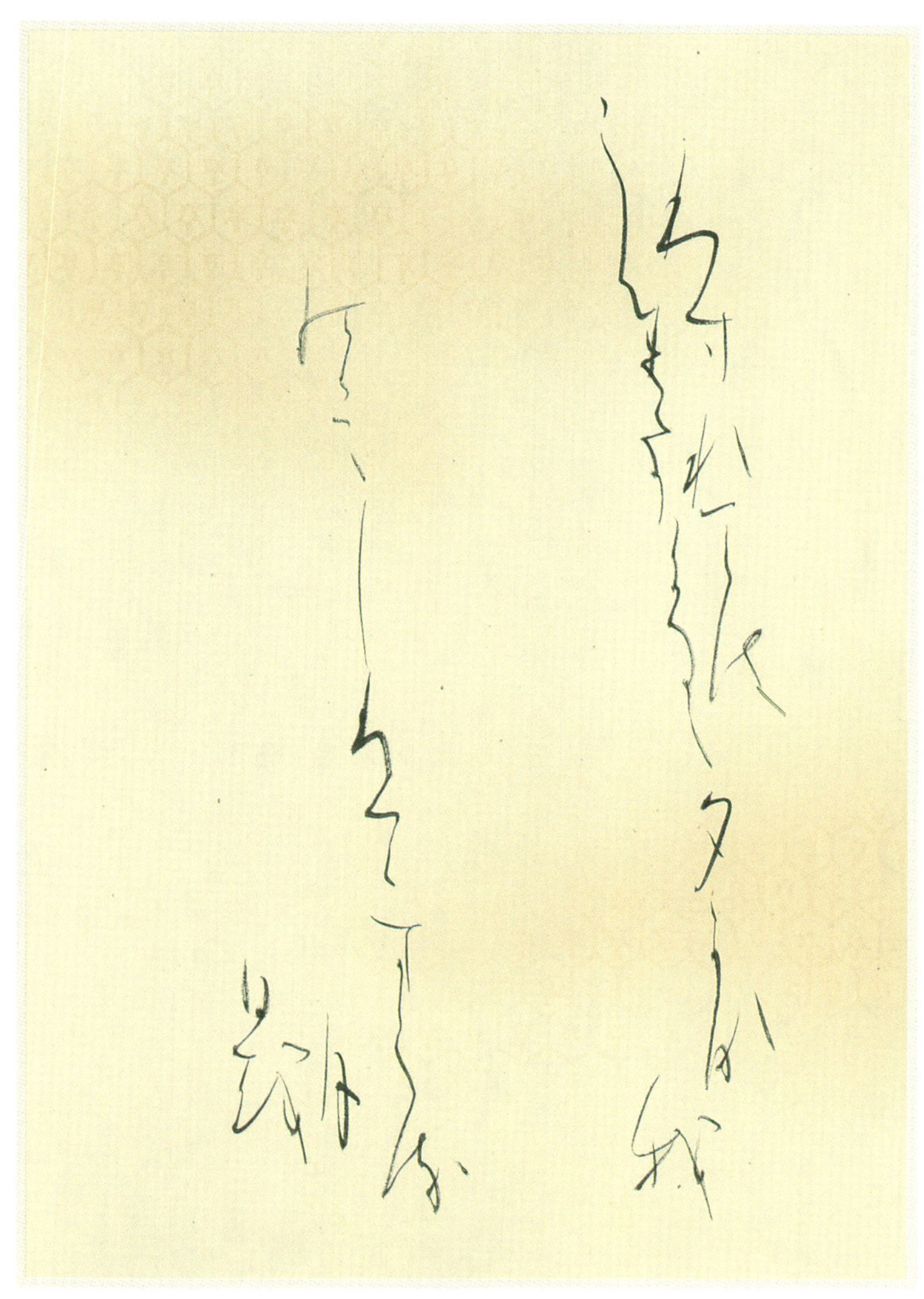

(33.5×24.5)

わすれては／うちなげかるゝ夕（ゆふべ）かな／我（われ）／のみしりてすぐる／月／日を

遅奈介　可那　能三利　流　越

三八　蚊遣火のさ夜ふけがたの下こがれ苦しやわが身人知れずのみ（曾禰好忠）

『徒然草』の第十九段に「水無月の頃、あやしき家に夕顔の白く見えて、蚊遣火ふすぶるもあはれなり」という一節がある。ここに見える「あやしき家」と「白い夕顔」との取り合わせは、大の王朝文学ファンであった吉田兼好のことだから、『源氏物語』は夕顔の巻の、源氏と夕顔とのきわめて印象的な、あの出会いの場面を念頭に置いての表現とみて、まずは差し支えなかろう。それに続くくだりに夏の夜にふすぶる蚊遣火を持ってきていることを思えば、人によっては単なる夏の風物詩としか映らない蚊遣火にも、王朝的な「もののあはれ」というものを、兼好は感じ取っていたのであろう。

蚊遣火が「もののあはれ」を感じさせるのは、それが単に夏の景物というに留まらず、掲出歌のごとく、しばしば恋の歌に詠まれるからである。人にも打ち明けられぬ苦しい恋の思いを、当時の言葉で「下こがれ」といった。この場合の「下」とは、物理的な位置関係を示す「下」ではなく、「下心」の「下」と同様に、表面には表れぬ内側の意である。すなわち、これも相手に知られぬ一方的な苦しい片思いを詠った歌ということになろう。

上句は、夏の夜もふけて、蚊遣火が表面パッと燃え上がらず、プスプスと静かにくすぶっているように、の意。続く下句は、心の中でだけ恋の炎を燃やしているのは苦しいことだよ、誰にも知られずに、と嘆いて終わる。上句で展開された夏の夜の情景は、詠者とは何の関係もない単なる外界の描写などではなく、苦しい恋に人知れず悩み続ける詠者の心の風景でもあったのだ。

人間を取り巻く自然は、けっして人と対立するものとして存在するのではなく、常に人と融和し、そして時には人の心の内を象徴するものとして存在しえたのが、王朝という時代であったのである。

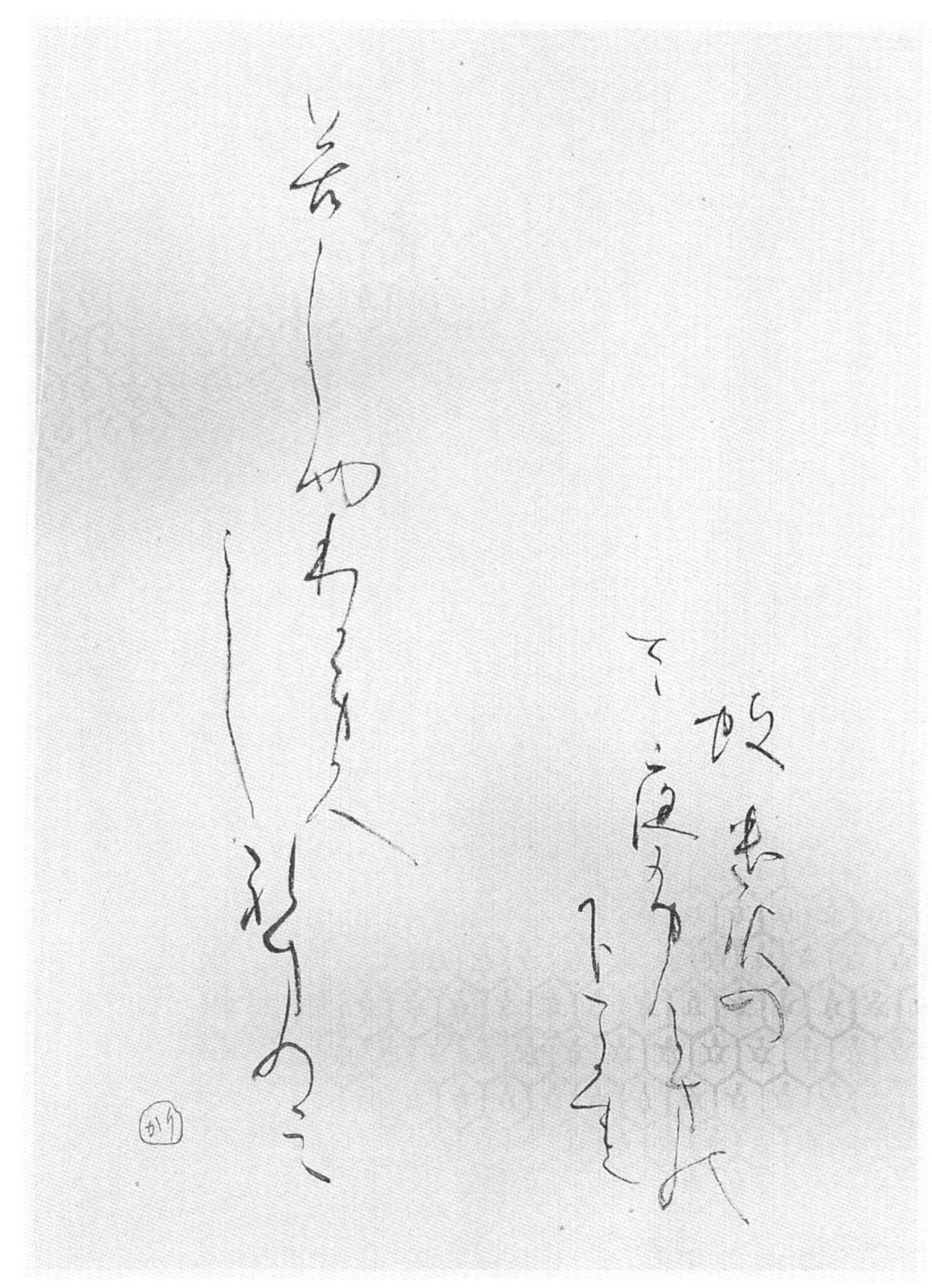

(33.5×24.5)

蚊遣火の／さ夜ふ(布)け(介)方(がた)の(能)／下こがれ(連)／苦しやわが身人／しれ(礼)ずのみ(三)

三九　思ひあまりそなたの空をながむれば霞をわけて春雨ぞふる（藤原俊成）

王朝和歌の大きな特徴をなす題詠というのは、『古今集』から『新古今集』へと、一般的に時代が下がるにつれてより盛んになっていったが、だからといって、新古今時代の歌人たちが、もっぱら題詠にだけたよって歌を詠んでいたわけでは、けっしてなかった。たとえば、恋の歌でも、実際の恋愛体験から生まれた歌は、もちろんあったわけである。さしずめ掲出歌などがそうした例にあたろう。

この歌、『新古今集』の詞書によれば、雨の降る日に恋人に送ったものだという。季節は春である。あたり一面霞が立ち込めているが、まるでその霞を分けるようにして細かな雨が降ってきた。朝から恋人のことを思い、詠者の気持ちは鬱屈してはずむこともない。すると、いつしか視線は愛する人のいる、はるかかなたの空へと誘われてゆく。

三句目の「ながむれば」の「ながむ」という言葉は、王朝和歌にはしばしば登場する重要な語である。これには「遥かかなたを眺める」という意と、「もの思いにふける」の意があるといわれるが、要はじっと一点をみつめる、ということである。「遥かかなたを眺める」場合はもちろんのこと、人は「もの思いにふける」場合も、じっと一点をみつめるものである。したがって、この歌の場合、詠者は愛する人のいる方角の空をじっと眺めているわけだが、同時にその大事な人のことを心に描いてもの思いにふけってもいる、ということになろう。

ところで、俊成よりも少し先輩格の歌人藤原忠通の『詞花集』に採られた詠に、「思ひかねそなたの空をながむればただ山の端にかかる白雲」というのがある。こちらは遠く離れた知人を偲んでの歌だが、時代的には明らかに俊成の歌に先行するだけに、掲出歌に与えた影響の大きさのほどがうかがえよう。

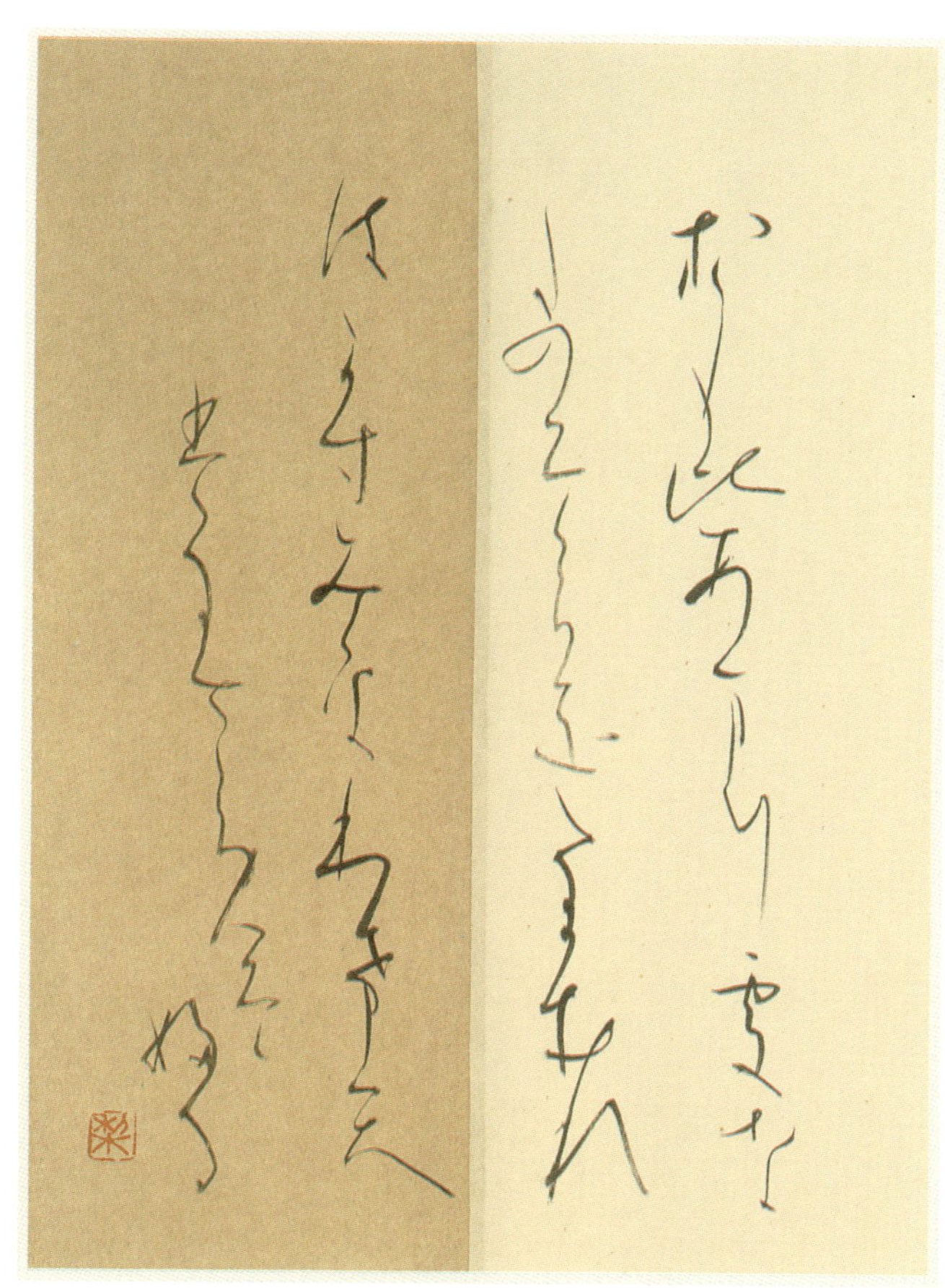

(24.5×17)

お(於)もひ(比)あま(万)りそ(處)な／た(多)のそらをな(奈)が(可)むれ／ばか(可)すみを(平)わけ(希)て(天)／は(盤)るさめ(免)ぞ／ふ(婦)る

四〇　面影のかすめる月ぞ宿りける春や昔の袖の涙に（藤原俊成女）

日活のアクション映画華やかなりし頃のスターたちも、映画産業の斜陽に伴って、漸次その活躍場所をテレビ・ドラマの世界に求めるなど、かなり苦労をしたようだが、そうした中にあって、演歌歌手として立派にその地歩を築いたのが小林旭だ。彼のヒット曲はその数少なくないが、ひときわ印象深いのは「昔の名前で出ています」（作詞星野哲郎・作曲叶弦大）。京都では忍、神戸では渚、横浜では…と、源氏名を変えつつ、昔の男が戻ってくるのをひたすら待っているという、女のいじらしさを唄ったものだが、その二番に「いつもこの胸　かすめる面影の…」というフレーズがあって、この一節を聴くたびに、「かすめる」違いながら、ついつい掲出の歌を連想したりするのである。

俊成女の歌の初句「面影」は、いうまでもなく別れた昔の男のそれであろう。その面影がぼんやりと霞んで月と二重映しになって見える、というのが第二句までの大意。続く第三句に「宿りける」とあるが、いったい月がどこに宿るというのか。もちろん末句の「袖の涙」に相違あるまい。では、なぜ袖が涙に濡れるのか。それは「春や昔の」と、過ぎ去りし春を懐かしんで涙を流しているからである。

ところで、この「春や昔の」という表現には典拠があり、これは本歌取りの歌となっているのだが、その本歌とは、『伊勢物語』でも知られる「月やあらぬ春や昔の春ならぬわが身ひとつはもとの身にして」というもの。男には人知れず契りを交わした女がいた。だが、女は召されて帝のもとに。季節は変わり再び春が巡り来て、月を眺めながら男が詠んだのが、この歌。大意は、月も春も昔二人が恋人同士であった頃とすっかり変わり、なぜか私一人だけがこうして取り残されて…といったもの。かくして、読者が俊成女の歌を鑑賞しながら、同時にその背後に広がる『伊勢物語』の世界をも楽しむことができる仕掛けとなっているのである。

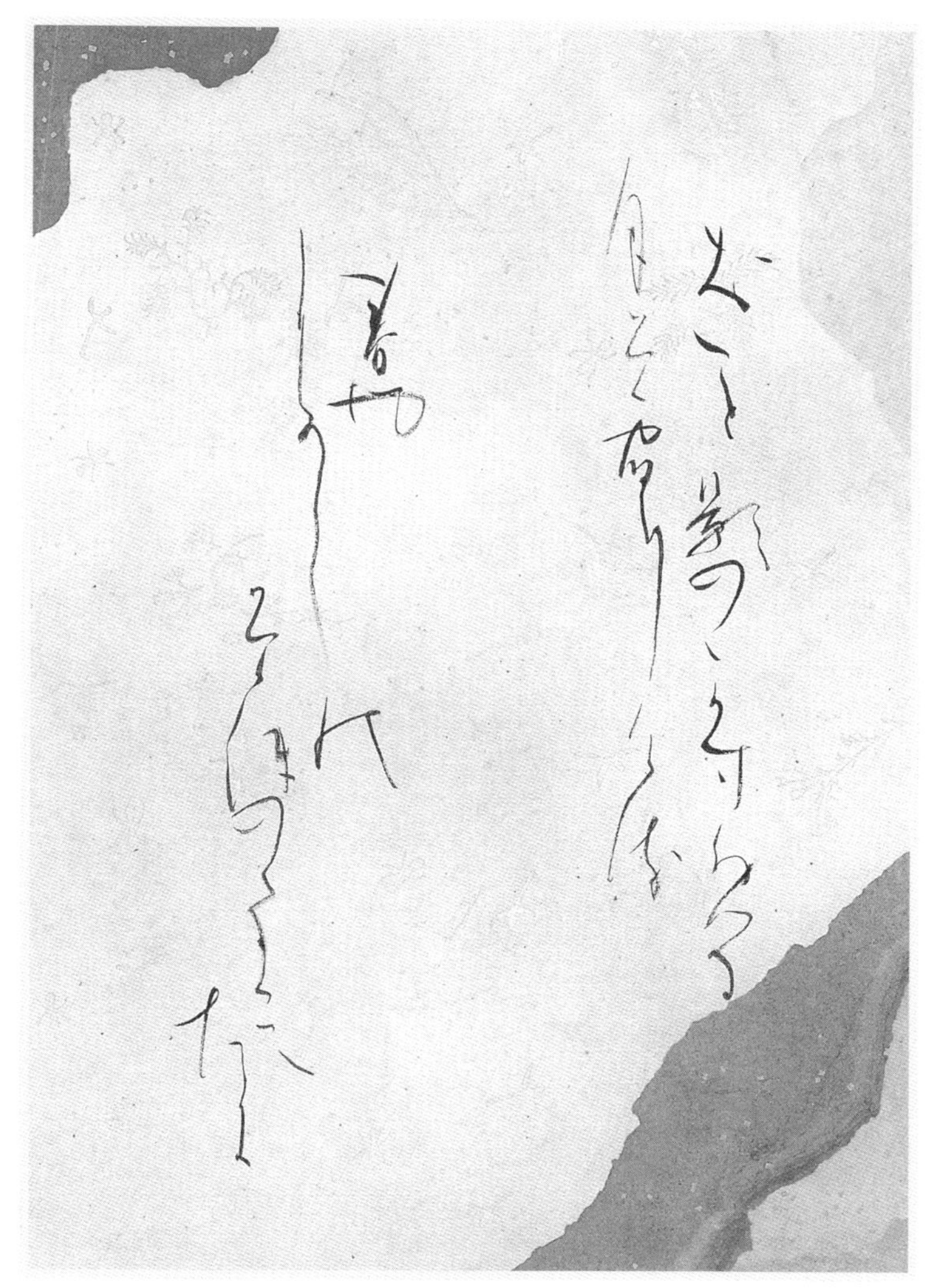

（33.5×24.5）

おも(毛)影の／か(可)すめ(免)る／月ぞ宿りけ(介)る(流)／春や／むか(可)しの(能)／そで(傳)のな(奈)み(三)／だに(尔)

四一　年も経ぬ祈る契りは初瀬山尾上の鐘のよその夕暮れ（藤原定家）

大和国の長谷寺は、平安時代には観音信仰の霊場として知られた地であった。かの『蜻蛉日記』の藤原道綱母や『更級日記』の菅原孝標女も、自己の願いを叶えてもらうべく、しきりに長谷寺詣でをしたのであった。

掲出歌の第三句「初瀬山」というのが、その長谷寺のある所。和歌では長谷寺はしばしば「初瀬山」という形で詠われる。二句目の「祈る契り」とは、どうかこの恋を叶えて下さい、と長谷観音と約束した、というのである。初句の「年も経ぬ」とは、その観音に願ってから速くも数年の月日が立ってしまったことを意味する。

では、結果はどうか。その答えは下句にある。初瀬山の頂きの鐘が日暮れの時刻を告げるために鳴っているが、これは恋人同士が相逢う時刻でもある。だが、自分の場合はそれもかなわず、ただひとりこの鐘の音を聴くばかり。末句の「よその夕暮れ」は、簡潔にしてまことに含蓄のある表現である。この場合の「よそ」とは、自分とは何の関係もない、の意。世の恋人たちは、この時刻仲よく語らってもいることだろう、なのに自分は…とひときわ恨めしさの籠った、これは表現となっている。

ところで、掲出の歌は、『百人一首』でも知られる源俊頼の「うかりける人を初瀬の山おろしよはげしかれとは祈らぬものを」の詠から大きな影響を受けている。両者ともに、恋の成就を長谷の観音に祈りながら、その願いも叶わず嘆いているわけだが、俊頼の方は、叶わぬ恨みを長谷観音に向かってぶつけている感がある。一方、定家の歌には、どこか諦念に似たものがうかがわれよう。だが、それだけにまた詠者の無念の思いもひとしお。読者の胸に深く染み入る歌となっている。

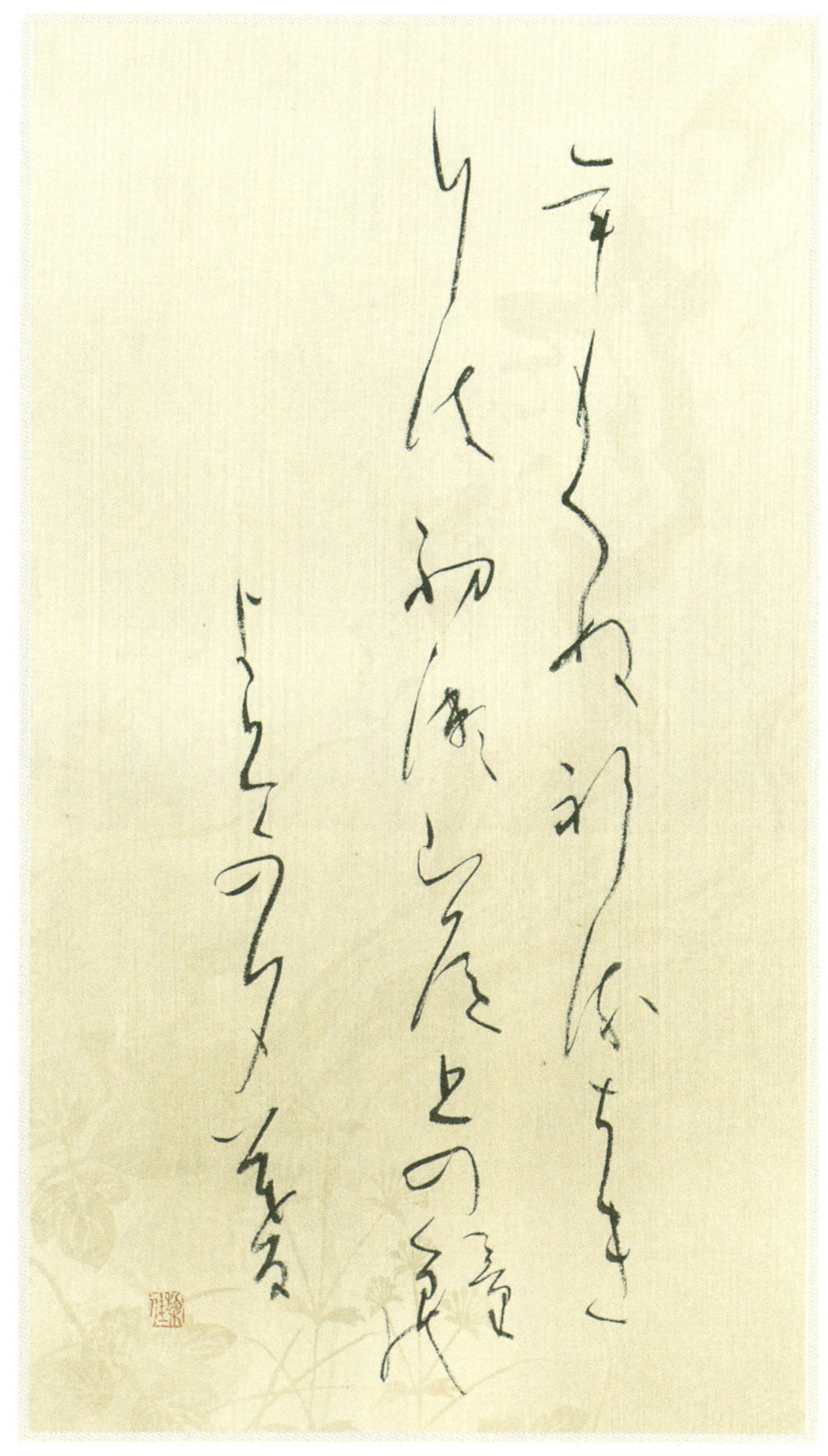

（32×17.3）

年もへぬ／祈る（流）ちぎ／りは初瀬山／尾上の鐘／の（能）／よその夕暮

四二　またも来む秋を頼むの雁だにも鳴きてぞ帰る春のあけぼの（藤原良経）

かつて「後朝（きぬぎぬ）の歌」というものがあった。これはどういうものか。平安時代には、男は夜の訪れと共に女のもとへ足を運び、そこで一夜を過ごした後、朝早く、というよりまだ夜が明けきらない内に、鳥の鳴声を合図に帰ってゆくのを常としていた。だが、それだけで済（す）むものではけっしてない。男の方は帰宅するが早いか、早速に女のもとへ宛てて歌を詠み送ることになっていたが、こうした歌のことを「後朝の歌」という。そこでは、今朝の別れが自分にとってどんなにつらいものであったか、あなたとの再会が待ち遠しくてたまらない、といった類の言葉を並べ立て、要するに、女に向かって男の愛情の真なることを述べ立てるわけである。

　掲出の歌も、まさにそうした後朝の歌だ。ここでは雁に託して男の心の内を女に伝えているのである。そもそも雁とは、秋にこの日本へやって来て、一冬を過ごした後、春の訪れと共に北国へ帰って行く、という習性を持つ渡り鳥で、歌題としては、ただ「雁」とあれば、秋のそれを指し、春の場合は特に「帰雁（きがん）」という。この歌も帰雁を素材とする。

　初・二句の「またも来む秋を頼む」とは、来年の秋にはまたやってこようと期するところがある、の意。続く第三句の「雁だにも」の「だに」の働きは、この場合きわめて重要である。副助詞「だに」は、軽いものを提示し、より重いものを暗示するのが、その役割。また来る秋を期して帰る雁でさえも、一時の別れに耐えかねて鳴いているのだから、ましてあなたにいつ逢えるとも知れぬこの私が、どうして悲しくないことがあろうか、と自己の苦しい胸の内を女に訴えている、これは歌なのである。なお、二句目の「頼む」に、「田面（たのむ）（雁がむれ居る場所）」が懸けられていること、贅（ぜい）言（げん）を要しまい。

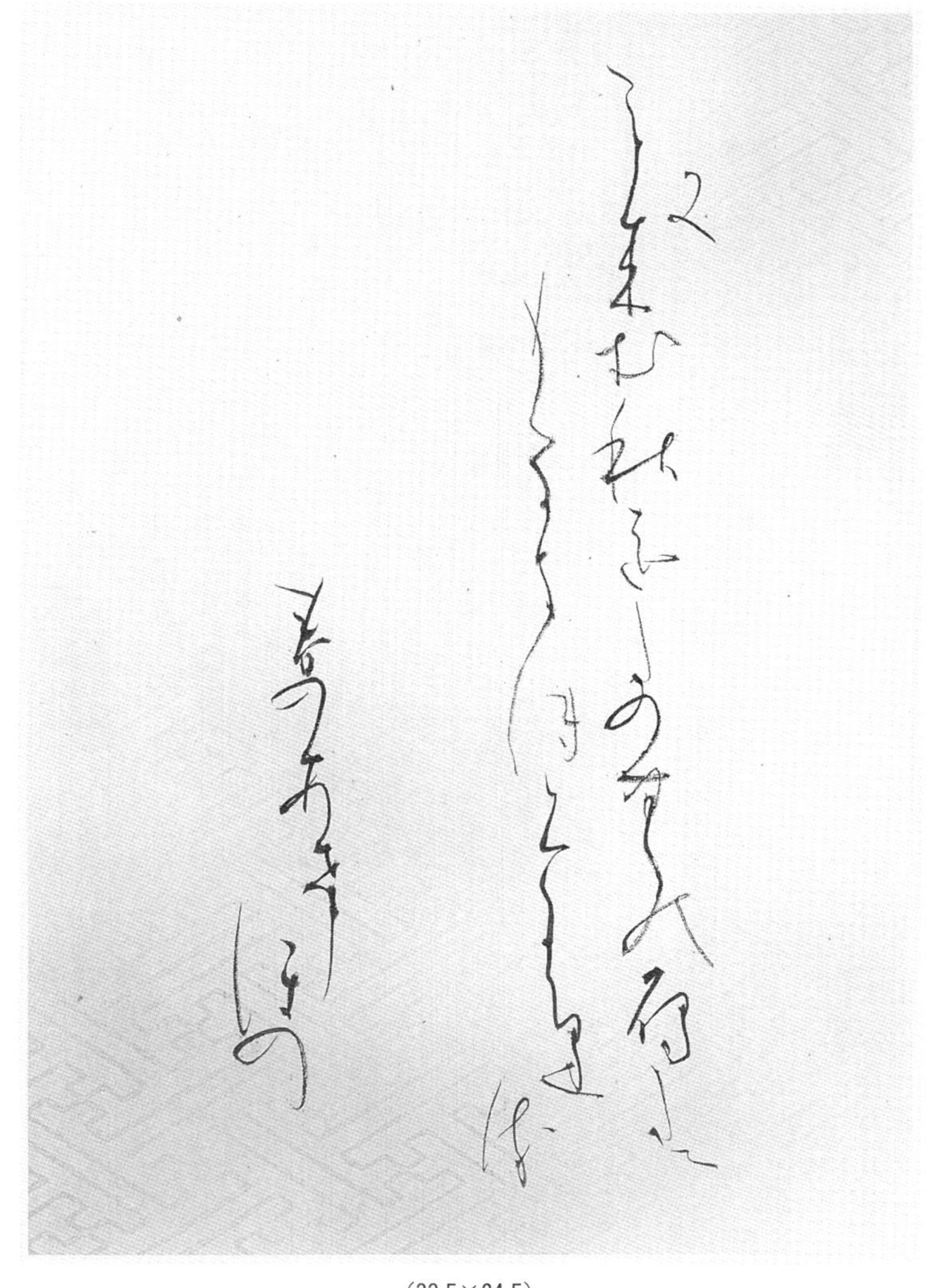

（33.5×24.5）

又（また）／も来む秋をたのむの雁だに／もなきてぞかへる／春のあけ／ぼの

毛　多無能多二　奈支傳可邊流　希

四三　待つ宵にふけゆく鐘の声聞けばあかぬ別れの鳥はものかは（小侍従）

江戸時代の『隆達節』に「鳥と鐘とは思ひの種よとは思へども人により候」という曲がある。「鳥」と「鐘」とがどうして物思いのタネだというのか。仲睦まじい男女が一夜を過ごした翌朝、別れの時がやってきたとばかりに鳴くのが鳥。それに対して、日が暮れたにもかかわらずいっこうにやって来ない男を待っている折しも、刻々と時が過ぎゆくのを知らせるのが夜更けの鐘。なるほど両者ともに心尽しのタネには相違あるまい。だが、それも相手によりけりだ、と『隆達節』は茶目っ気たっぷりに謡いおさめているが、王朝和歌はこのような肩透かしを食わせたりは、けっしてしない。

掲出歌の上句「待つ宵にふけゆく鐘の声聞けば」は、夜の帳（とばり）が降（お）りそめる頃、女は期待に胸膨（ふく）らませながら男を待っていたが、なぜか男は姿を現さない。無情にも時は過ぎ去り、やがて夜も更けてきたことを知らせる鐘の音が女の耳に聞こえてくる、というもので、このわずかな言葉数の中に、じりじりと男を待つ女の内面のドラマが展開する。一方、下句の「あかぬ別れの鳥はものかは」は、まだまだ別れたくない、もっと一緒にいたいとの女の思いも空しく、まるで二人の別れを催促するかのように、鳥の鳴声が聞こえてくるというもの。

さて、鐘の音と鳥の声と、いったいどちらがより人の心を尽させるのか、と問われれば、「鳥はものかは」。すなわち更け行く鐘の音に比べれば、朝の鳥の鳴声なぞものの数ではない、と詠者は鐘の音に軍配を挙げたのである。

この作、発表当時からよほど評判を呼んだとみえ、この歌ゆえに作者は「待宵の小侍従」とあだ名されたという。『平家物語』巻五の「月見」の条が伝える挿話である。

（16.6×21）

待つよひ(悲)に(二)
ふ(布)け(介)ゆ(遊)くか(可)ねの
こゑ(衛)き(起)け(希)ば
あか(可)ぬわ(王)か(可)
れ(連)の
とり(里)は(盤)
も(毛)のか(可)は

四四　聞くやいかに上の空なる風だにもまつに音するならひありとは（宮内卿）

日本語は同音異義語の多いことで知られているが、それが現代においては駄洒落という形で芸人たちに日々笑いのネタを提供し、王朝時代には懸詞という和歌の修辞技巧として特色を発揮している。

一例を挙げよう。「音にのみきくの白露夜はおきて昼は思ひにあへず消ぬべし　素性法師」。一首の大意は、ただうわさに聞くばかりで逢うこともなく、夜は寝もやらず悶々とし、昼は昼であなたへの思いに耐えず消えてしまいそうです、というもの。二句目の「きく」が「聞く」と「菊」の、三句目の「おきて」が「起きて」と「置きて」の、さらには四句目の「思ひ」の「ひ」が「火」と「日」の懸詞になっている、といった次第。

それにしても、いったいどうしてこのような技巧が開拓されたのか。和歌は『万葉』の昔から、わずか三十一文字というきわめて小さな器に人間感情を盛る約束ごとになっている。だが、歴史とともに人間の心情も次第に複雑となり、それを十全に和歌という器に盛り込むためには、ひとつの言葉に二重の意味を持たすことも必要となってきたわけである。かくして懸詞は、『古今集』の頃から歌人たちにとって欠かすことのできない、重要な表現技法となったのである。

さて、掲出歌。二句目の「上の空」が「上空」と「気まぐれ」の、四句目の「まつ」が「松」と「待つ」の、同じく四句目の「音する」が「音を立てる」と「訪れる」の、それぞれ懸詞となっている。これら三つの懸詞を踏まえて一首を解釈すれば、聞いていますかどうですか、上空を吹きつけるあの気まぐれな風でさえも、待つという名の松に訪れてヒューヒューと音を立てる習慣があるということを、といったほどの意になろう。風でさえ、というのだから、ましてあなたは、と浮気男に恨言をいった、これは歌なのである。

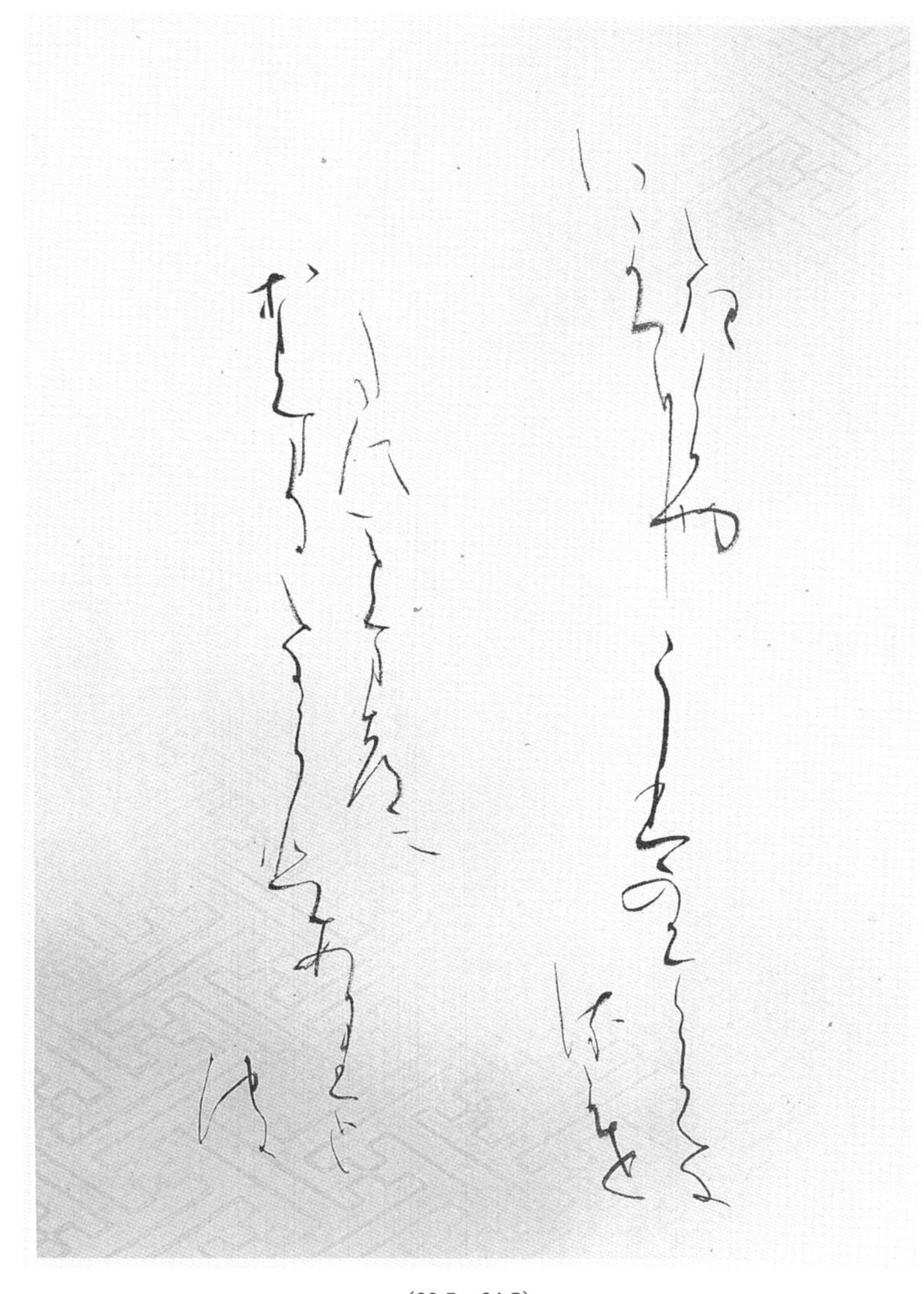

（33.5×24.5）

きくや／いかにうはのそらな／るかぜ／だにもまつに／おとするならひありと／は

起久　可耳盤　奈　流可世　多　毛万都二　於　奈　悲　里　波

四五　ただ頼めたとへば人のいつはりを重ねてこそはまたも恨みめ（大僧正慈円）

すでに述べたように、「頼む」には、四段動詞では「あてにする」、下二段動詞では「あてにさせる」と、意味上の違いがあるが、ここは四段ゆえ、初句は「ただひたすらあてにしていて下さい」の意になる。だが、ひと度裏切られた女は、そうはたやすく男の言葉を信じてくれるものではない。そこで男はいう。「たとへば（今少し詳しくいえば）…」と。「人の…」以下は、この私が今一度偽りを重ねたら、その時にはそれこそ思う存分恨んで下さい、の意。はたしてこれで女の方は納得してくれるであろうか。

ところで、『古今集』所載の凡河内躬恒の歌に、「頼めつつ逢はで年経るいつはりに懲りぬ心を人は知らなむ」というのがある。こちらの「頼め」は下二段だから、一首は、あてにさせておきながら逢ってもくれず年月が過ぎ去ってしまったが、そんなあなたの偽りに懲りもせず期待する私の心を知ってほしいものですよ、といったほどの意になろうか。『古今集』の詞書には「題しらず」とあって詠作事情は分からぬが、素直に読めば、薄情な女に対する純情男の口説と取れないこともなかろう。

だが、ひるがえって考えてみるに、これを例の転身詠とみた場合どうであろうか。「必ず逢いに行くよ」と男がいったばっかりに、その言葉をあてにして長い間待ち続ける女。それでもあなたを諦めきれないでいる、この私の心の内をどうか分かって下さい、とつれない男に向かって恨みと期待が相半ばする、微妙な女心を詠ったものとも、解釈可能であろう。

かりにそうみた場合、掲出の慈円歌は、あたかも躬恒歌に答えて詠んだかのような感がある。慈円の歌も、自己の体験から生まれたものではなく、「契恋」という題で詠まれたものというから、案外躬恒の女歌を念頭に置いて作られた可能性もなしとすまい。

(33.5×18.7)

たゞたのめたとへば人の／いつはりを重ねてこそは／又（また）も／うらみめ

四六　入(い)るかたはさやかなりける月かげを上の空にも待ちし宵かな（紫式部）

この歌、『新古今集』の詞書には、「人につかはしける」とあるから、題詠ではなく、紫式部の実体験から生まれた作である。入ってゆく方角ははっきりと見えていた月ですが、というのが上句の意。対する下句は、そんな月を心も落ち着かずに待っていたことですよ、とでもなろうか。これだけでは、何をいっているのか分かりづらいが、この「月かげ」とは、いうまでもなく相手の男のことである。その男が帰ってゆく行先がどこか（それは別な女の所）私にはちゃんと分かっているのですからね、と不実な男を恨み、かつはそんな男をそわそわして待っていた自分の愚かさを省みている、これは歌なのである。

こういう歌を贈られた男は、いったいどうするのか。歌で恨まれれば、歌をもって弁解するのが、平安時代の習わしである。「さしてゆく山の端もみなかき曇り心の空に消えし月かげ」と。「さやかなりける」などとは、とんでもないいいがかり。目ざす山の端、すなわちあなたの家は、あたり一面かき曇って何も見えず、この私、心もうつろに息絶えんばかりでした、と弁明にこれ努める仕儀と相なるわけである。

女の歌が男の浮気を責める作ゆえ、男としてはおいそれと同意はしかねるが、しかし、贈答歌ともなれば、それなりのエチケットというものがあって、男としても勝手なことをいっていいわけでは、けっしてない。式部は男を「月かげ」にたとえて詠(よ)んだのだから、男も返歌では自分のことを「月かげ」と表現する。女が男の行先を「さやかなりける」と形容しているゆえに、それに対して男も「かき曇り」で応ずる。女が「上の空にも」といえば、男は「心の空に」と答える、といった次第で、贈答歌とりわけ答歌（返歌）の場合は、相手の意を十分に理解し、その表現を巧みに自歌に利用しつつ、自らの主張を詠(うた)い込む必要があったのである。

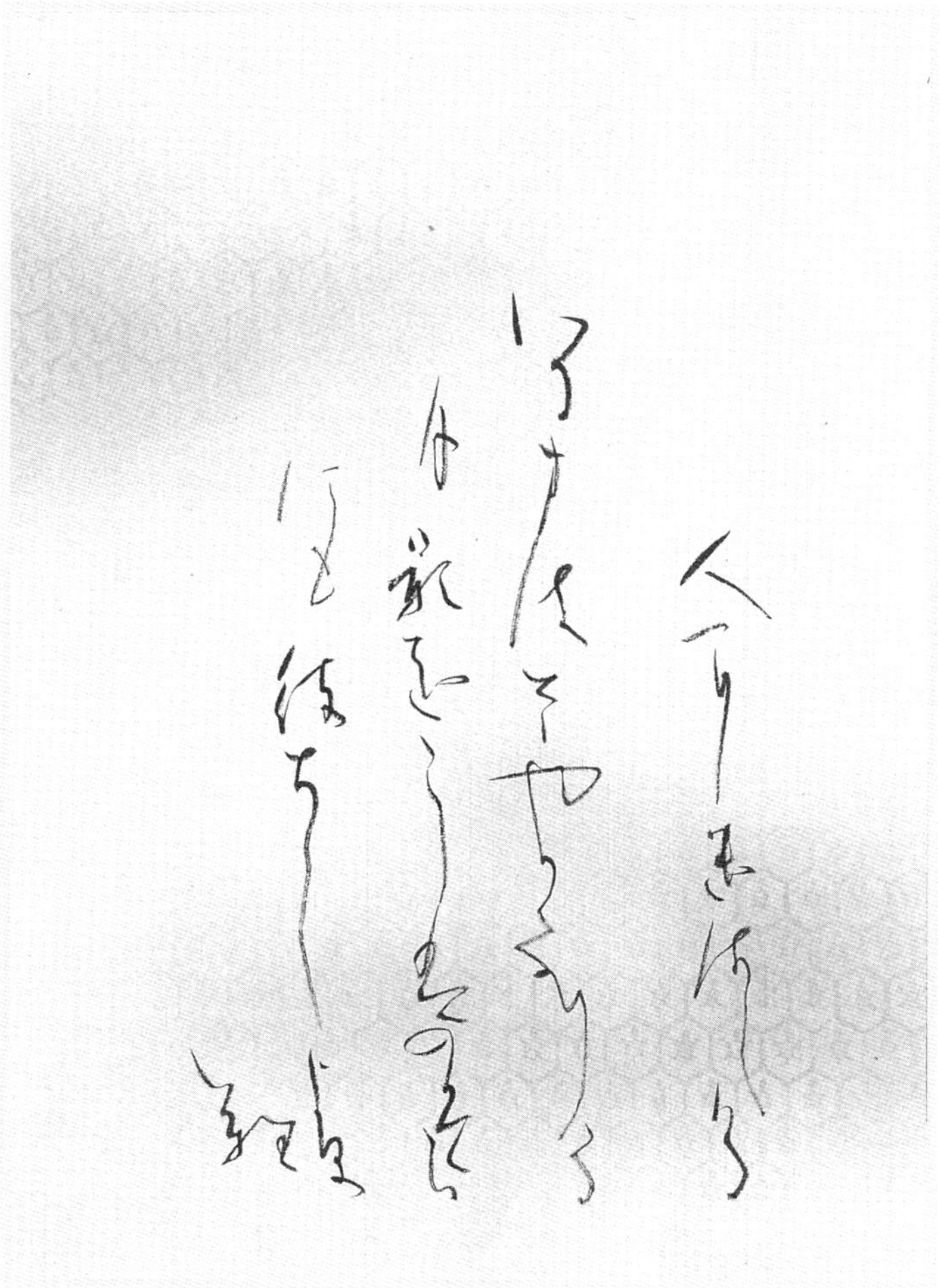

人に(耳)遣はしけ(介)る

いる方(かた)はさやか(可)な(奈)りけ(介)る／月影をうは(盤)のそら／にも待ちしよひ(日)か(可)／な(難)

(31.5×22.5)

四七　風吹かば峰に別れむ雲をだにありし名残の形見とも見よ（藤原家隆）

『新古今集』に載る家隆のこの作、本歌取りの歌である。本歌は『古今集』の「風吹けば峰に別るる白雲の絶えてつれなき君が心か　壬生忠岑」。忠岑の作は、風が吹くと山の頂きにぶつかり別れてゆく白雲のように、まったく冷淡な心のあなたですよ、といったほどの意。上句が四句目の「絶えて」を引き出す序詞の働きをしているが、同時にこの「絶えて」は、「途絶える」意と「まったく〜でない」の意を懸けた懸詞ともなっている。

対するに家隆の歌はどうか。大意は、風が吹いたら山の頂きで別れ別れになる雲、せめてその雲だけでも、二人が仲睦まじかった頃の名残の形見とでも見て下さい、といったところであろう。

では、家隆の歌は、本歌のいったいどこを借りているのか。「風」「吹く」「峰」「別れ」「雲」と、おおよそ上句の主要な語句のすべてといってよいほどで、これではいささか借りすぎの感がないでもないが、ただ、

本歌と異なる点もある。まず第一に、家隆歌がそのほとんどを借りた上句は、本歌の場合、「絶えて」という語を引き出すための単なる序にすぎないが、家隆歌のそれはあくまでも目前の実景として詠われているということである。次いで、もう一つは、本歌の忠岑の作が、押せども引けどもまったく心を動かす気配のない、つれない女性を恨んだ、比較的恋愛の初期段階の感情を詠ったものに対して、家隆詠は、ひと度は結ばれた恋人同士の別れに際しての歌となっており、この点が本歌とは大きく異なっているのである。

このように本歌取りの歌を詠むにあたっては、本歌とテーマが異なることが望ましいとされていたが、たとえ本歌と同じ恋の歌を詠む場合であっても、本歌とは異なった恋愛の相を詠むなど、作者にはそれなりの工夫が求められたのである。

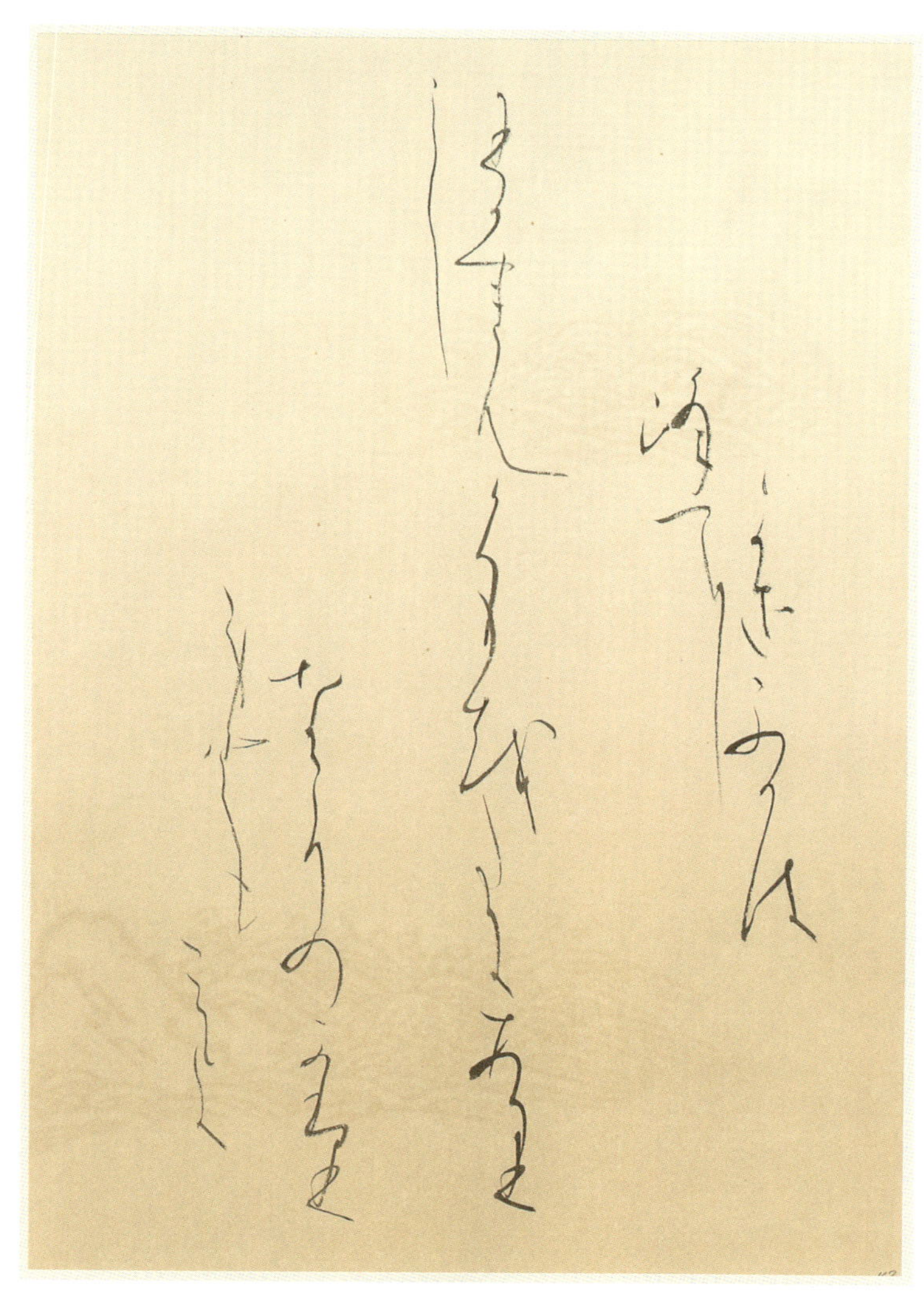

（33.5×24.5）

か(可)ぜ(世)ふか(可)ば／峰に(耳)／わ(王)か(可)れ(連)んく(久)も　を(越)だ(多)に(尓)あり(里)／し／なごりのか(可)た(堂)／み(身)と(登)も／み(三)よ

四八　今ぞ知る思ひ出でよと契りしは忘れむとてのなさけなりけり（西行法師）

　ある時、男は女に向かっていう。「必ず私のことを思い出して下さいね」と。それからいくばくかの時が流れ、二人は離れ離れに。女は今になって思い当たるのだ。あの時、男が自分に向かってささやいたのは、私のことなど忘れてしまおう、と思ってのことだったのだ、と。別れの言葉をあからさまに口にはせず、「思い出してくれ」などと遠回しにいったのは、思えばこの私へのいたわりのつもりだったのか…。

　まるで映画か小説のワン・シーンを見ているかのような作である。だが、このようないたわりを果たして女は喜ぶものであろうか。「どうせ私をだますなら　だまし続けてほしかった」とは、バーブ佐竹の「女心の唄」（作詞山北由希夫・作曲吉田矢健治）の一節だが、相手へのいたわりのつもりが、必ずしもそうならないのが、男と女のむずかしいところであろう。

　だが、それにしても、この歌、王朝時代のかよわき女性が詠んだのかと思いきや、実はそうではなく、どこからどうみても立派な男、それも俗界を捨て仏の道に入った、あの西行が詠んだというのだから驚きだ。西行といえば、「心なき身にもあはれは知られけり鴫立つ沢の秋の夕暮れ」「年たけてまた越ゆべしと思ひきや命なりけり小夜の中山」「風になびく富士の煙の空に消えてゆくへも知らぬわが心かな」「願はくは花の下にて春死なむそのきさらぎの望月のころ」などの詠が、世に喧伝されているが、実は恋歌の名手でもあって、『新古今集』には、掲出歌と並んで「うとくなる人を何とて恨むらむ知られず知らぬ折もありしに」などという作も採られている。

　王朝和歌のフィナーレを飾る『新古今集』の時代というのは、慈円や西行などの僧侶歌人たちが、こうした女歌を作るために日夜苦吟していた、何とも不思議な時代であったのだ。

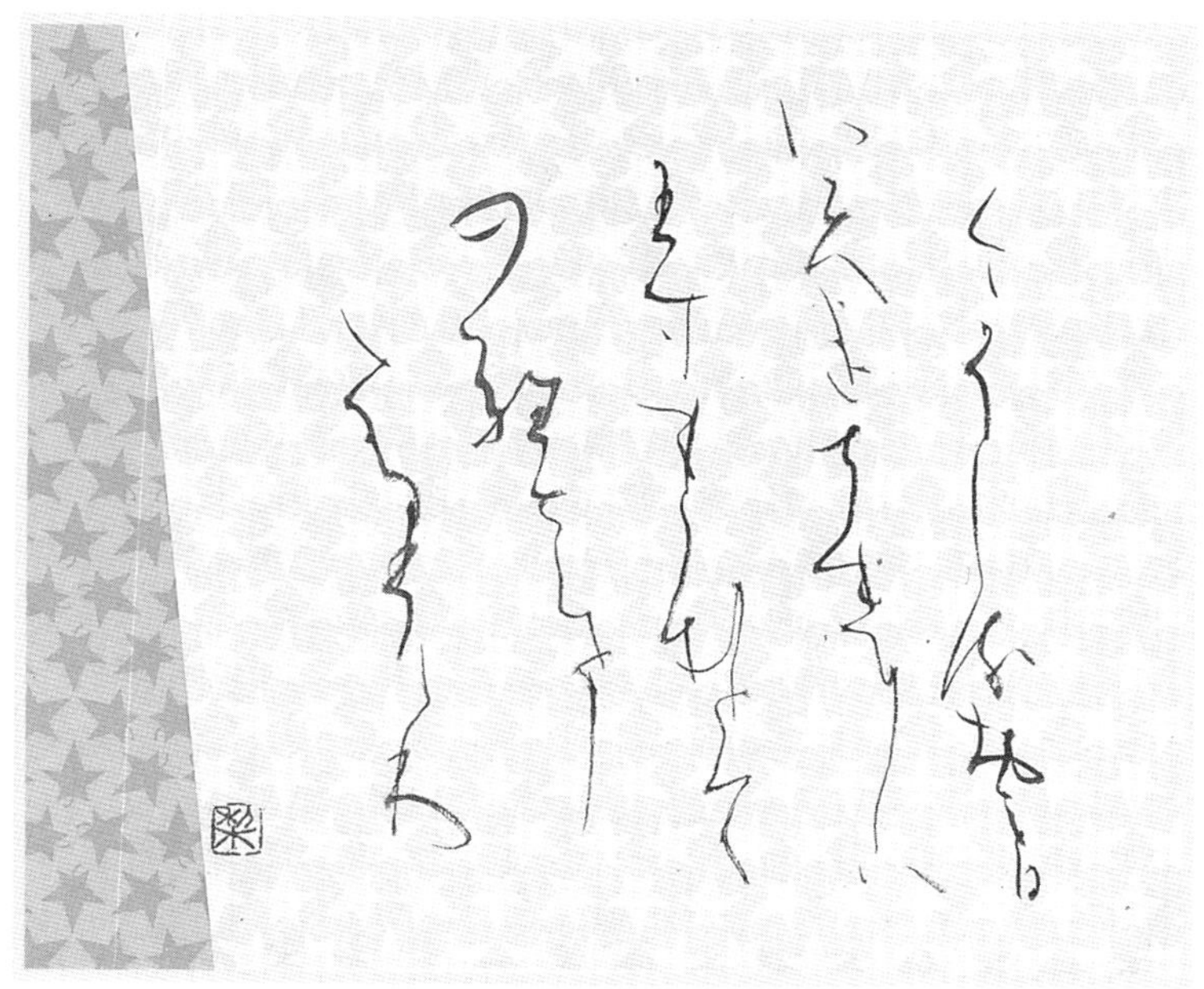

（16.8×20）

今ぞ（曽）しる（流）おも（毛）ひ（日）
いで（天）よとちぎりしは（八）
わ（王）すれ（連）むとて
のな（難）さけ（希）
な（奈）り（里）け（介）り（利）

四九　恨みわび待たじ今はの身なれども思ひなれにし夕暮れの空（寂蓮法師）

またしても題詠による女歌である。それも僧侶歌人による。王朝時代というのは、アララギ流の近代的リアリズムに馴れた読者には不可解なことではあろうが、詠歌の契機として、題詠というものがいとも盛んな時代であった。そもそも、なにゆえ、これほどまでに題詠が重要視されたのか。

当時の貴族、とりわけ女性などは、ほとんど都から外に出ることなく生涯を過ごす人も珍しくはなかった。しかもわずか四十歳で長寿の祝いをしていた時代である。人間が一生の間で体験できることは、ごくごく限られていた。したがって、自己の体験しか歌に詠めないとなれば、素材はきわめて乏しくなるのは必定。特に恋歌などはその最たるものであろう。しかし、題詠ということになれば、想像の翼に乗って男女の転身、老若の交換もまことにもって自由自在。おおよそ歌人にとって、詠めない素材はないのである。かくして、僧侶歌人による転身詠も、何の抵抗もなく、社会に受け入れられることとなったのである。

さて、掲出歌だが、上句は、恨み疲れ、もう今はけっしてあの人のことは待つまい、と思うわが身ではあるけれど、の意。対する下句は、それでも、この夕暮れ時の空を見ていると、ついついあの人のことを心に思い浮かべてしまうことだよ、と待てども来ない男への未練を引きずりつつ詠いおさめる。

『古今集』よみ人知らずの「夕暮れは雲のはたてにものぞ思ふあまつ空なる人を恋ふとて」の歌が示すように、妻問婚の風習が色濃く残っていた当時、夕暮れ時はことのほか人恋しい時刻であった。恋する女は、こんな時ついついつい空を眺めていとしい人のことを思い出してしまうのである。が、次の瞬間、反省するのだ。そうだ、もうあの人のことは諦めたのだったと…。僧侶歌人がこんな歌をものすることができるのも、題詠なればこそである。

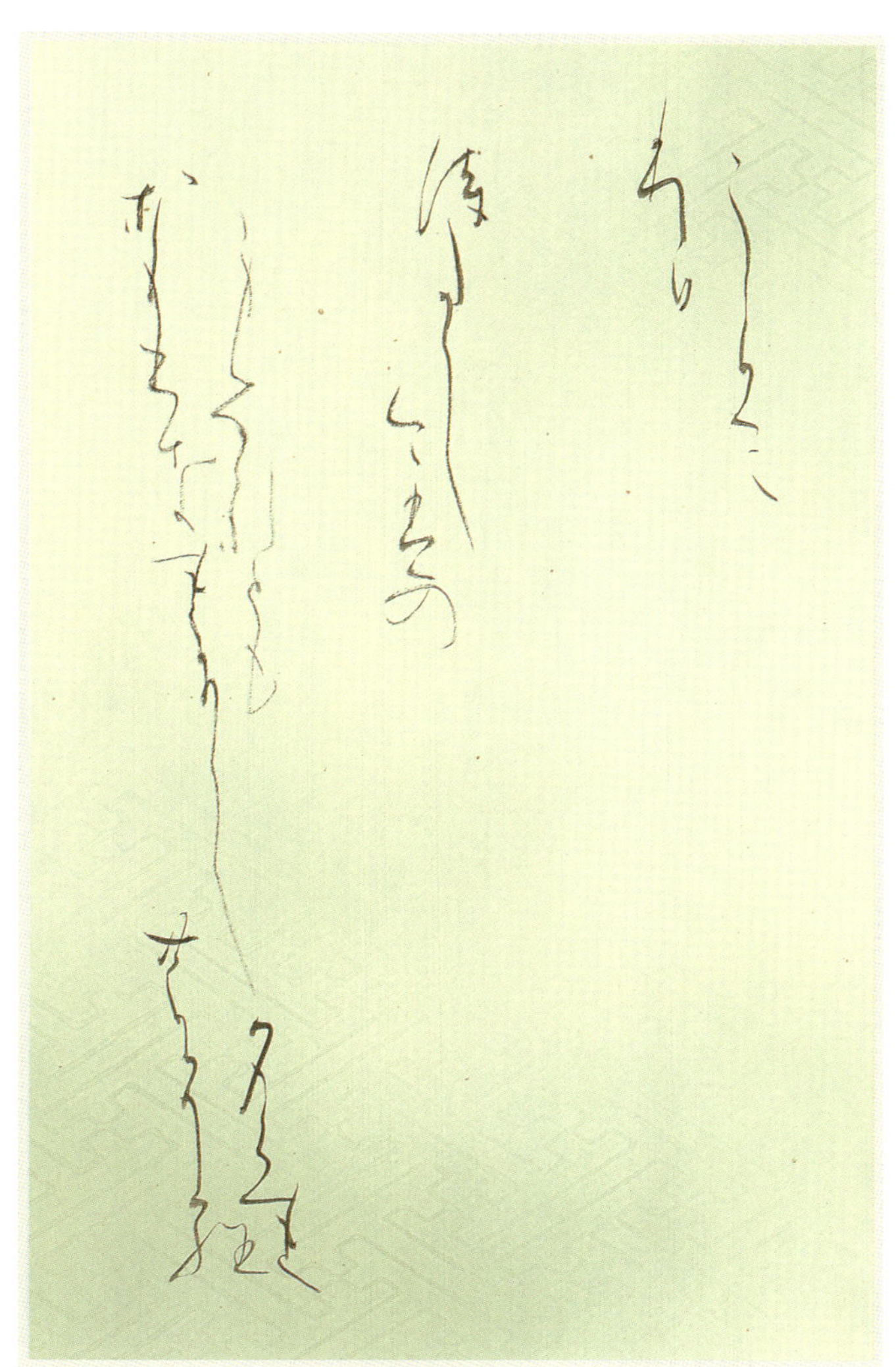

（33.5×24.5）

うらみ（三）／わび（日）／待たじ（多）／今は（盤）の／身なれ（奈礼）ども／お（於）もひ（悲）なれ（連）に（尓）し夕ぐれ（連）／のそら（農曽羅）

五〇　寝(ぬ)る夢にうつつの憂さも忘られて思ひなぐさむほどぞはかなき（斎宮女御）

『伊勢物語』に、狩の使の段と呼ばれる古来からよく知られた話がある。例の昔男が宮中の用に資すべく狩の使として伊勢の国に派遣された。それをもてなすのは、かたじけなくもかしこくも神に仕える斎宮その人である。だが、仕事として男を遇している内に、いつしか二人は恋仲となり、ある夜こっそり密会する破目になってしまった。現在われわれが読む世間普通の『伊勢』は、この狩の使の話が途中の第六十九段に位置するが、かつては何とこの段を冒頭に持つ『伊勢』があり、『伊勢物語』という題号も実はこのゆえだという。

　さて、掲出歌の作者斎宮女御は、れっきとした実在の人物。醍醐天皇の皇子重明親王の娘で、本名は徽子(きし)女王。八歳の年に斎宮となって伊勢に下向。後、母の喪により退下して帰京。村上天皇の女御となり、世に斎宮女御と称された人物である。だが、女御になったとはいえ、ライバルは数多く、常に帝の寵愛を一身に受けていたというわけではない。夜離(よが)れの日もけっして少なくはなかったのである。そんな折に詠(よ)まれたのが、この歌。

　帝にお目もじもかなわず、さみしい思いで寝た夢の中で、久しぶりに帝のお姿を拝し、お蔭でうつつの憂さも忘れることができました、というのが上句の大意。だが、それでしばし心が慰められたというのも、思えばまた随分とはかない縁(えにし)なのですね、と下句はある種諦念の世界へと読者を誘う。

　この歌、『新古今集』には、「題しらず」として載(の)るが、さればといって題詠歌というわけではけっしてなさそうだ。というのも『斎宮女御集』の詞書には、「上の御夢に見えさせ給ひければ」とあって、正真正銘、これは女御の実体験から生まれた歌だと知られるからである。

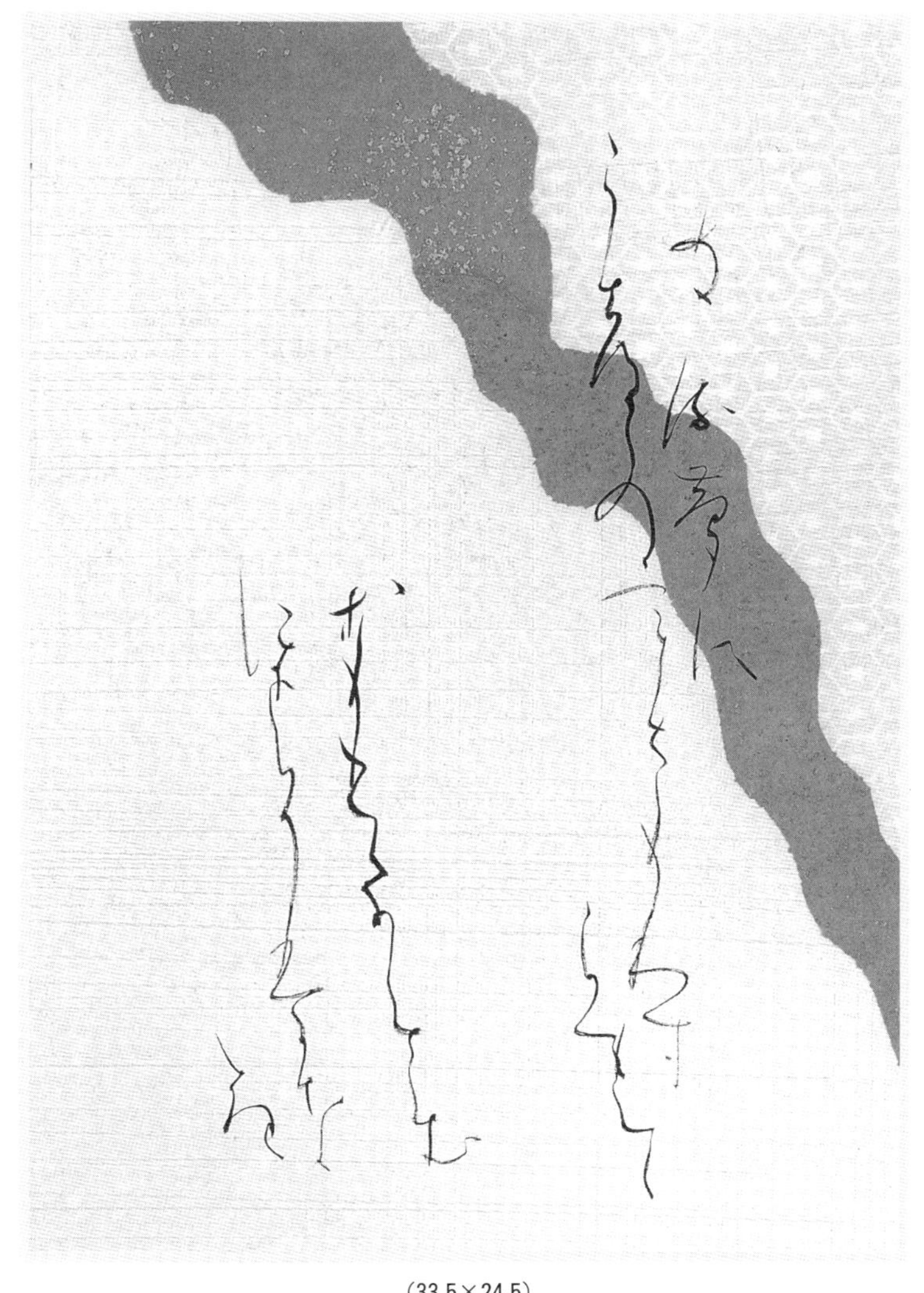

(33.5×24.5)

ぬる（寝）夢に／うつゝのうさもわす／られて／おもひなぐさむ／ほどぞはかな／き

流　都　宇　連　於　悲奈　曽盤可　起

[出典一覧]

一 『古今和歌集』巻第十一恋歌一・五〇一「題しらず　よみ人しらず」
二 『古今和歌集』巻第十一恋歌一・五〇四「題しらず　よみ人しらず」
三 『古今和歌集』巻第十一恋歌一・五四三「題しらず　よみ人しらず」
四 『古今和歌集』巻第十二恋歌二・五六二「寛平御時后宮歌合の歌　紀友則」
五 『古今和歌集』巻第十二恋歌二・五六六「寛平御時后宮歌合の歌　壬生忠岑」
六 『古今和歌集』巻第十三恋歌三・六三四「題しらず　よみ人しらず」
七 『古今和歌集』巻第十四恋歌四・七〇五「藤原敏行朝臣の、業平朝臣の家なりける女をあひ知りて、文遣はせりける言葉に、今まうでく、雨の降りけるをなむ見わづらひ侍る、といへりけるを聞きて、かの女に代はりて、よめりける　在原業平朝臣」
八 『古今和歌集』巻第十四恋歌四・七二四「題しらず　河原左大臣」
九 『古今和歌集』巻第十五恋歌五・七七一「題しらず　僧正遍昭」
一〇 『古今和歌集』巻第十五恋歌五・七九七「題しらず　小野小町」
一一 『古今和歌集』巻第十五恋歌五・八一〇「題しらず　伊勢」
一二 『古今和歌集』巻第十九誹諧歌・一〇一五「題しらず　凡河内躬恒」
一三 『古今和歌集』巻第二十東歌・一〇九三「陸奥歌」
一四 『後撰和歌集』巻第四夏・一七〇「題しらず　壬生忠岑」
一五 『後撰和歌集』巻第十一恋三・七一〇「大納言国経朝臣の家に侍りける女に、平定文いとしのびて語らひ侍りて、行末まで契り侍りける頃、この女にはかに贈太政大臣に迎へられて渡り侍りにければ、文だにもかよはす方なくなりにければ、かの女の子の五つばかりなるが、本院の西の対に遊び歩きけるを呼び寄せて、母に見せたてまつれとて、腕に書きつけ侍りける　平定文」
一六 『後撰和歌集』巻第十三恋五・九二一「題しらず　よみ人しらず」
一七 『後撰和歌集』巻第十三恋五・九五二「左大臣につかはしける　中務」
一八 『拾遺和歌集』巻第四冬・二二四「題しらず　貫之」

一九　『拾遺和歌集』巻第十四恋四・九〇一「題しらず　よみ人しらず」
二〇　『拾遺和歌集』巻第十五恋五・九九四「題しらず　よみ人しらず」
二一　『後拾遺和歌集』巻第十二恋二・六七八「男の、待てといひおこせて侍りける返り事によみ侍りける　相模」
二二　『後拾遺和歌集』巻第十二恋二・七一二「男、恨むることやありけむ、今日を限りにて、またはさらにおとせじ、といひて出で侍りにけれど、いかに思ひけむ、昼つ方おとづれて侍りけるによめる　赤染衛門」
二三　『後拾遺和歌集』巻第十三恋三・七一七「高階成順、石山にこもりて、久しうおとし侍らざりければよめる　伊勢大輔」
二四　『後拾遺和歌集』巻第十三恋三・七五五「題しらず　和泉式部」
二五　『後拾遺和歌集』巻第十六雑二・九一二「皇后宮、親王の宮の女御と聞こえける時、里へまかり出で給ひにければ、そのつとめて、咲かぬ菊につけて御消息ありけるに　後三条院御製」
二六　『後拾遺和歌集』巻第二十雑六・一一六二「男に忘られて侍りける頃、貴船にまゐりて、御手洗川に蛍の飛び侍りけるを見てよめる　和泉式部」
二七　『金葉和歌集』巻第八恋部下・四四一「遇不遇恋の心をよめる　左兵衛督実能」
二八　『金葉和歌集』巻第八恋部下・五一五「恋歌、人々よみけるに、よめる　源俊頼朝臣」
二九　『詞花和歌集』巻第七恋上・二一一「冷泉院、春宮と申しける時、百首歌たてまつりけるによめる　源重之」
三〇　『詞花和歌集』巻第七恋上・二二三「題しらず　藤原道信朝臣」
三一　『詞花和歌集』巻第七恋上・二二九「題しらず　新院御製」
三二　『千載和歌集』巻第十三恋歌三・七九九「花園左大臣につかはしける　待賢門院加賀」
三三　『千載和歌集』巻第十四恋歌四・八八六「歌合し侍りける時、恋歌とてよめる　殷富門院大輔」
三四　『千載和歌集』巻第十五恋歌五・九一八「題しらず　円位法師」
三五　『千載和歌集』巻第十六雑歌上・九六四「二月ばかり、月明き夜、二条院にて、人々あまたゐ明して、物語などし侍りけるに、内侍周防寄りふして、枕をがな、としのびやかにいふを聞きて、大納言忠家、これを枕に、とて腕を御簾の下よりさし入れて侍りければ、よみ侍りける　周防内侍」
三六　『新古今和歌集』巻第十一恋歌一・一〇三三「水無瀬にて、をのこども、久恋といふことをよみ侍りしに　太上天皇」
三七　『新古今和歌集』巻第十一恋歌一・一〇三五「百首歌の中に、忍恋を　式子内親王」
三八　『新古今和歌集』巻第十一恋歌一・一〇七〇「題しらず　曾禰好忠」

三九　『新古今和歌集』巻第十二恋歌二・一一〇七「雨降る日、女につかはしける　皇太后宮大夫俊成」
四〇　『新古今和歌集』巻第十二恋歌二・一一三六「水無瀬恋十五首歌合に、春恋の心を　皇太后宮大夫俊成女」
四一　『新古今和歌集』巻第十二恋歌二・一一四二「家に百首歌合し侍りけるに、祈恋といへる心を　定家朝臣」
四二　『新古今和歌集』巻第十三恋歌三・一一八六「後朝の恋の心を　摂政太政大臣」
四三　『新古今和歌集』巻第十三恋歌三・一一九一「題しらず　小侍従」
四四　『新古今和歌集』巻第十三恋歌三・一一九九「寄風恋　宮内卿」
四五　『新古今和歌集』巻第十三恋歌三・一二二三「摂政太政大臣家百首歌合に、契恋の心を　前大僧正慈円」
四六　『新古今和歌集』巻第十四恋歌四・一二六二「人につかはしける　紫式部」
四七　『新古今和歌集』巻第十四恋歌四・一二九二「摂政太政大臣家百首歌合に　家隆朝臣」
四八　『新古今和歌集』巻第十四恋歌四・一二九八「題しらず　西行法師」
四九　『新古今和歌集』巻第十四恋歌四・一三〇二「建仁元年三月歌合に、逢不遇恋の心を　寂蓮法師」
五〇　『新古今和歌集』巻第十五恋歌五・一三八四「題しらず　女御徽子女王」

【作者索引および略伝】

＊【 】の数字は、掲載歌番号。

ア行

赤染衛門　生没年未詳。赤染時用の女。大江匡衡と結婚。鷹司倫子に出仕。『栄華物語』正編の作者といわれている。家集に『赤染衛門集』がある。中古三十六歌仙の一人。『百人一首』に歌がのる。【一二】

在原業平　八二五〜八八〇。平城天皇の皇子である阿保親王の五男。右近衛権中将。『伊勢物語』の主人公「昔男」のモデルといわれている。家集に『業平集』がある。六歌仙・三十六歌仙の一人。『百人一首』に歌がのる。【七】

和泉式部　生没年未詳。大江雅致の女。和泉守橘道貞と結婚。為尊親王・敦道親王と恋愛。上東門院彰子に出仕。『和泉式部日記』の作者。家集に『和泉式部集』がある。中古三十六歌仙の一人。『百人一首』に歌がのる。【一四・二六】

伊勢　生没年未詳。伊勢守藤原継蔭の女。中宮温子に出仕。敦慶親王と結婚、中務を生む。家集に『伊勢集』がある。三十六歌仙の一人。『百人一首』に歌がのる。【一一】

伊勢大輔　生没年未詳。大中臣輔親の女。高階成順と結婚。上東門院彰子に出仕。家集に『伊勢大輔集』がある。中古三十六歌仙の一人。『百人一首』に歌がのる。【二三】

殷富門院大輔　生没年未詳。藤原成信の女。後白河天皇皇女亮子内親王（殷富門院）に出仕。家集に『殷富門院大輔集』がある。歌林苑の歌人の一人。『百人一首』に歌がのる。【三二】

凡河内躬恒　生没年未詳。凡河内諶利の男。淡路権掾。『古今和歌集』の撰者。貫之と並び称された歌人。家集に『躬恒集』がある。三十六歌仙の一人。『百人一首』に歌がのる。【一二】

小野小町　生没年未詳。伝未詳。およそ仁明・文徳朝頃の人という。家集に『小町集』があるが、他人歌が多い。六歌仙・三十六歌仙の一人。『百人一首』に歌がのる。【一〇】

カ行

紀貫之　?〜九四六。紀望行の男。木工権頭。『古今和歌集』の撰者で仮名序の作者。『土佐日記』を執筆。家集に『貫之集』がある。三十六歌仙の一人。『百人一首』に歌がのる。【一八】

紀友則　生没年未詳。紀有朋の男で貫之のいとこにあたる。大内記。『古今和歌集』を編纂。家集に『友則集』がある。三十六歌仙の一人。『百人一首』に歌がのる。【四】

宮内卿　生没年未詳。源師光の女。後鳥羽院に出仕し、院の歌壇で活躍。『新古今和歌集』を代表する女流歌人の一人で、藤原俊成の女と並び称された。「若草の宮内卿」の異名をとる。【四四】

後三条天皇　一〇三四〜一〇七三。後朱雀天皇の第二皇子で、母は陽明門院禎子。治暦四年（一〇六八）即位して第七十一代天皇となるも、延久四年（一〇七二）譲位。『後拾遺和歌集』初出。【二五】

小侍従　生没年未詳。石清水八幡宮別当紀光清の女。二条・高倉両天皇に出仕し、後鳥羽院歌壇でも活躍、「待宵の小侍従」の異名をとった。家集に『小侍従集』がある。【四三】

後鳥羽天皇　一一八〇〜一二三九。高倉天皇の第四皇子で、第八十二代天皇。承久の乱（一二二一）で、隠岐島に配流。『新古今和歌集』の撰集下命者で、歌論書『後鳥羽院御口伝』の作者。家集に『後鳥羽院御集』がある。『百人一首』に歌がのる。【三六】

サ行

西行　一一一八〜一一九〇。佐藤康清の男で、俗名を義清という。鳥羽院に北面の武士として仕えるも、二十三歳の若さで出家し、全国を行脚。家集に『山家集』がある。『百人一首』に歌がのる。【三四・四八】

斎宮女御　九二九〜九八五。醍醐天皇の皇子である重明親王の女で、本名は徽子女王。承平六年（九三六）斎宮に卜定。退下後、村上天皇の女御となった。三十六歌仙の一人。家集に『斎宮女御集』がある。【五〇】

相模　生没年未詳。源頼光の女。大江公資の妻となり、相模に下向。後、脩子内親王に出仕。家集に『相模集』がある。中古三十六歌仙の一人。『百人一首』に歌がのる。【一二】

慈円　一一五五〜一二二五。関白藤原忠通の男。十三歳で出家し、延暦寺の座主となる。史論『愚管抄』を執筆。家集に『拾玉集』がある。『百人一首』に歌がのる。

寂蓮　?〜一二〇二。阿闍梨俊海の男で、俗名は藤原定長。『新古今和歌集』の撰者となるも編纂途上で没した。家集に『寂蓮法師集』がある。『百人一首』に歌がのる。【四五】

式子内親王　一一四九〜一二〇一。後白河天皇の皇女。平治元年（一一五九）斎院に卜定。後、病をえて退下、出家した。家集に『式子内親王集』がある。『百人一首』に歌がのる。【四九】

周防内侍　生没年未詳。平棟仲の女。後冷泉・後三条・白河・堀河の各天皇に出仕。宮廷歌壇で活躍す。家集に『周防内侍集』がある。『百人一首』に歌がのる。【三七】【三五】

崇徳天皇　一一一九〜一一六四。鳥羽天皇の皇子。第七十五代天皇となるも、保元の乱（一一五六）で敗れて讃岐に配流。『詞花和歌集』の下命者。『百人一首』に歌がのる。【三一】

曾禰好忠　生没年未詳。丹後掾であったことから、曾丹後・曾丹と称された。王朝和歌の伝統からはみ出た特異な詠風で知られる。家集に『曾丹集』がある。中古三十六歌仙の一人。『百人一首』に歌がのる。【二八】

タ行

待賢門院加賀　生没年未詳。斎院新肥前の女。鳥羽朝頃の人。勅撰入集歌は『千載集』に一首と現存する詠歌は少ないが、説話の世界では能因・加賀説話として有名。「伏柴の加賀」の異名をとった。【三二】

平定文　？〜九二三。平好風の男。三河権掾。色好みとして知られ、在原業平と並び称される。中古三十六歌仙の一人。定文を主人公とした歌物語に『平中物語』がある。【一五】

ナ行

中務　生没年未詳。宇多天皇の皇子中務卿敦慶親王の女で、母は女流歌人として知られる伊勢。源信明と結婚。家集に『中務集』がある。三十六歌仙の一人。【一七】

ハ行

藤原家隆　一一五八〜一二三七。藤原光隆の男。従二位宮内卿。和歌を俊成に学び、定家と並び称された。『新古今和歌集』を編纂。家集に『壬二集』がある。『百人一首』に歌がのる。【四七】

藤原実能　一〇九六〜一一五七。藤原公実の男。従一位左大臣。徳大寺左大臣と称される。保元二年（一一五七）には病により出家。日記に『実能記』がある。『金葉和歌集』初出。【二七】

藤原俊成　一一一四〜一二〇四。藤原俊忠の男。正三位皇太后宮大夫。『千載和歌集』の撰者。歌論書の『古来風体抄』を執筆。家集に『長秋詠藻』がある。『百人一首』に歌がのる。【三九】

藤原俊成女　生没年未詳。藤原盛頼の女。幼少の頃から俊成に養育され、俊成女と称された。源通具と結婚するも、後に離婚。出家して越部禅尼と呼ばれた。家集に『俊成卿女集』がある。【四〇】

藤原定家　一一六二〜一二四一。藤原俊成の男。正二位権中納言。『新古今和歌集』『新勅撰和歌集』の撰者。歌論書の『詠歌大概』を執筆。『百人一首』を編纂する。家集に『拾遺愚草』がある。『百人一首』に歌がのる。【四一】

藤原道信　九七二〜九九四。太政大臣藤原為光の男。従

四位上左近衛中将。『大鏡』に「いみじき和歌の上手」と称される。家集に『道信集』がある。中古三十六歌仙の一人。『百人一首』に歌がのる。【三〇】

藤原良経　一一六九～一二〇六。摂政藤原兼実の男。従一位摂政太政大臣。『六百番歌合』を主催。『新古今和歌集』の仮名序を執筆。家集に『秋篠月清集』がある。『百人一首』に歌がのる。【四二】

遍昭　八一六～八九〇。良岑安世の男で、俗名は良岑宗貞。仁明天皇に蔵人として仕えるが、天皇の崩御に遭って出家、僧正となる。家集に『遍昭集』がある。六歌仙・三十六歌仙の一人。『百人一首』に歌がのる。【九】

マ行

源重之　生没年未詳。源兼信の男。肥後や筑前など地方官を歴任。陸奥守となった藤原実方に従い、任地で没した。家集に『重之集』がある。三十六歌仙の一人。『百人一首』に歌がのる。【二九】

源融　八二二～八九五。嵯峨天皇の皇子。臣籍に下り、従一位左大臣。風流の貴公子として名高く、河原左大臣と称された。『古今和歌集』初出。『百人一首』に歌がのる。【八】

源俊頼　一〇五五～一一二九。源経信の男。従四位上木工頭。『金葉和歌集』を編纂。歌論書の『俊頼髄脳』を執筆。家集に『散木奇歌集』がある。『百人一首』に歌がのる。【二八】

壬生忠岑　生没年未詳。壬生安綱の男。摂津権大目。紀貫之らと『古今和歌集』を編纂。家集に『忠岑集』がある。三十六歌仙の一人。『百人一首』に歌がのる。【一四】

紫式部　生没年未詳。藤原為時の女。藤原宣孝と結婚、大弐三位を生む。『源氏物語』の作者で、『紫式部日記』を執筆。家集に『紫式部集』がある。中古三十六歌仙の一人。『百人一首』に歌がのる。【四六】

［系図］

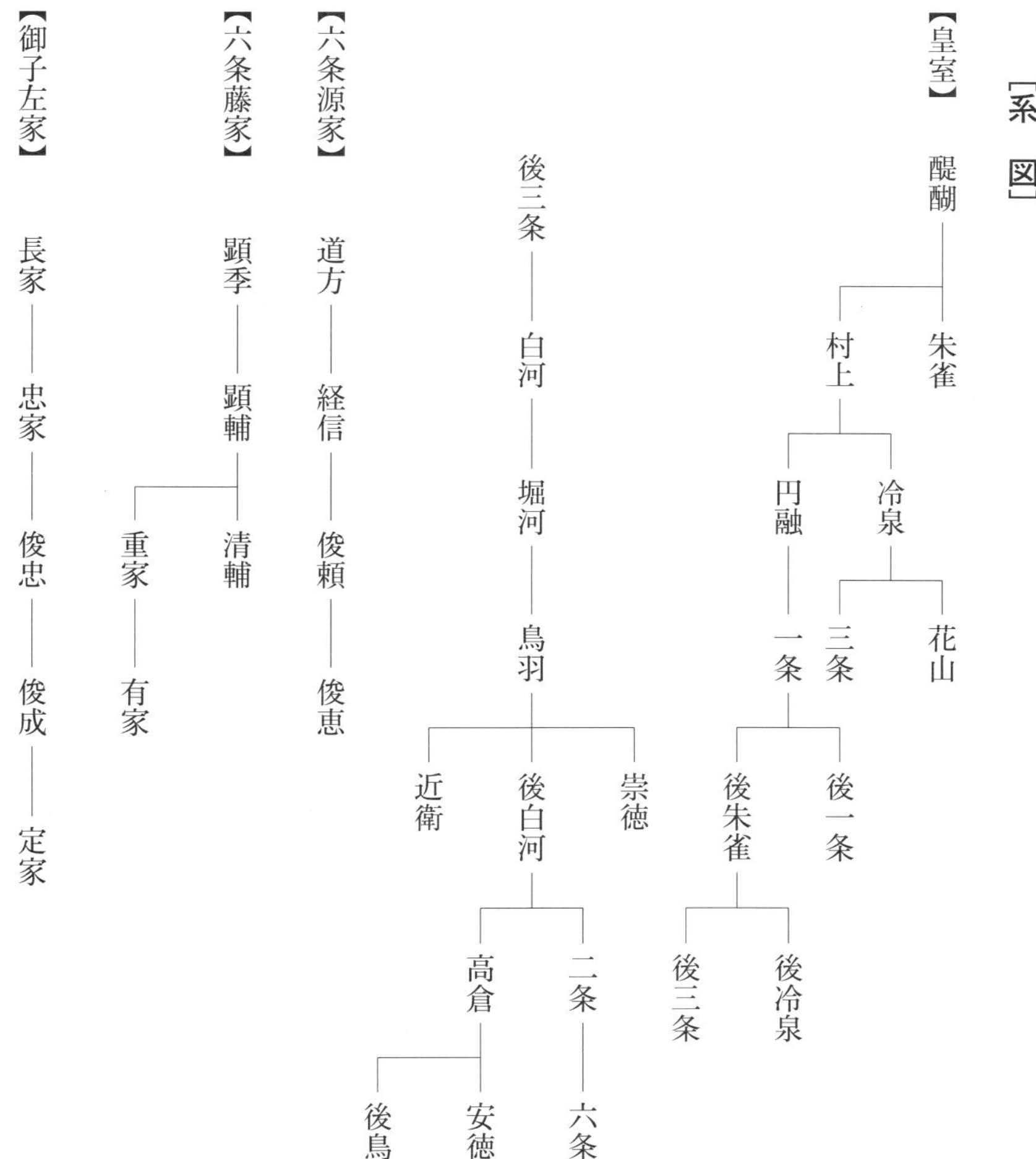
【皇室】
醍醐
朱雀
村上
冷泉
円融
花山
三条
一条
後一条
後朱雀
後冷泉
後三条
後三条
白河
堀河
鳥羽
崇徳
後白河
近衛
二条
高倉
六条
安徳
後鳥羽
【六条源家】
道方
経信
俊頼
俊恵
【六条藤家】
顕季
顕輔
清輔
重家
有家
【御子左家】
長家
忠家
俊忠
俊成
定家

〔年表〕

年号	西暦	天皇	和歌史事項	歌人
嘉祥 元	八四八	仁明		小野小町活躍
元慶 四	八八〇	陽成		在原業平没
寛平 二	八九〇	宇多		僧正遍昭没
五	八九三		寛平御時后宮歌合	
七	八九五			源融没
延喜 五	九〇五	醍醐	古今和歌集（紀貫之他編）	
九	九〇九			素性生存
天慶 二	九三九	朱雀		伊勢生存
九	九四六			紀貫之没
天暦 五	九五一	村上	後撰和歌集（清原元輔他編）	
天徳 四	九六〇		天徳内裏歌合	
寛和 元	九八五	花山		斎宮女御没
永祚 元	九八九	一条		中務この年以後没
正暦 元	九九〇			清原元輔没
長徳 三	九九七		拾遺抄（藤原公任編）	
寛弘 三	一〇〇六		拾遺和歌集（花山院編）	
長和 三	一〇一四	三条		紫式部この頃没
万寿 四	一〇二七	後一条		和泉式部生存

年号	西暦	天皇	歌集・歌合	事項
長久 二	一〇四一	後朱雀		赤染衛門生存
康平 三	一〇六〇	後冷泉		伊勢大輔生存
四	一〇六一			相模この頃生存
延久 五	一〇七三	白河		後三条天皇崩
応徳 三	一〇八六		後拾遺和歌集（藤原通俊編）	
大治 元	一一二六	崇徳	金葉和歌集（源俊頼編）	
四	一一二九			源俊頼没
仁平 元	一一五一		詞花和歌集（藤原顕輔編）	
長寛 二	一一六四			崇徳天皇崩
文治 三	一一八七	後鳥羽	千載和歌集（藤原俊成編）	
建久 元	一一九〇			西行没
四	一一九三		六百番歌合	
建仁 元	一二〇一	土御門		式子内親王没
三	一二〇三		千五百番歌合	寂蓮没
元久 元	一二〇四			藤原俊成没
二	一二〇五		新古今和歌集（藤原定家他編）	
建永 元	一二〇六			藤原良経没
嘉禄 元	一二二五	後堀河		慈円没
嘉禎 三	一二三七	四条		藤原家隆没
延応 元	一二三九			後鳥羽天皇崩
仁治 二	一二四一			藤原定家没

●和歌索引（数字は頁数を表し、＊印を付したものは、鑑賞文中の引用歌であることを示す。）

田中　登（たなか　のぼる）

＊現　職　関西大学教授
＊専　攻　平安文学・古筆学
＊主要編著
『国文学古筆切入門』全３冊（共著、和泉書院）
『古筆切の国文学的研究』（風間書房）
『平安私家集』全12冊（共編、朝日新聞社）
『京都冷泉家の八百年』（共著、NHK 出版）
『平成新修古筆資料集』既刊４冊（思文閣出版）
ほか多数

岩崎梨佳（いわさき　りか）

1962年　故・山本御舟氏に師事
1972年　第十回日展初入選<重之集抄>
1985年より月刊書道誌「尚書」（東京）執筆
2008年１月　絵と書の二人展（「ぶらんしゅ」画廊・池田市）
2009年１月　尚友会現代書展（「鳩居堂」画廊・東京銀座）
箕面市美術協会会員　和歌文学会会員
書道研究「梨の会」主宰

王朝びとの恋うた――書と歌の交響楽

2009年３月31日　初版第１刷発行

著　者　田中　登
　　　　岩崎梨佳

装　幀　椿屋事務所
発行者　池田つや子
発行所　有限会社 笠間書院
東京都千代田区猿楽町2-2-3［〒101-0064］
電話 03-3295-1331　Fax 03-3294-0996

NDC 分類：911.08

ISBN978-4-305-70458-0
印刷・製本：モリモト印刷
（本文用紙：中性紙使用）
乱丁・落丁本はお取り替えいたします。
出版目録は上記住所または下記まで。
Email: info@kasamashoin.co.jp